GIUSEPPE MAZZINI

Doveri dell'uomo

Texte et illustration de couverture : © domaine public
Edition : Culturea (Hérault, 34)
Contact : infos@culturea.fr
Retrouvez notre catalogue sur http://culturea.fr
Imprimé en Allemagne par Books on Demand
Design typographique : Derek Murphy
Layout : Reedsy (https://reedsy.com/)

Dépôt légal : janvier 2023

ISBN : 9791041843985

Capitolo primo

Agli operai italiani

Io voglio parlarvi dei vostri doveri. Voglio parlarvi, come il core mi detta, delle cose più sante, che noi conosciamo, di Dio, dell'umanità, della Patria, della Famiglia. Ascoltatemi con amore, com'io vi parlerò con amore. La mia parola è parola di convinzione maturata da lunghi anni di dolori e di osservazioni e di studi. I doveri che io vi indicherò, io cerco e cercherò, finché io viva, adempierli quanto le mie forze concedono. Posso ingannarmi, ma non ingannarvi. Uditemi dunque fraternamente: giudicate liberamente tra voi medesimi, se vi pare che io vi dica la verità: abbandonatemi se vi pare che io predichi errore; ma seguitemi e operate a seconda dei miei insegnamenti, se mi trovate apostolo della verità. L'errore è sventura da compiangersi, ma conoscere la verità e non uniformarvi le azioni, è delitto che cielo e terra condannano.

Perché vi parlo io dei vostri *doveri* prima di parlarvi dei vostri *diritti*? Perché, in una società dove tutti, volontariamente o involontariamente, vi opprimono, dove l'esercizio di tutti i diritti che appartengono all'uomo vi è costantemente rapito, dove tutte le infelicità sono per voi e ciò che si chiama felicità è per gli uomini dell'altre classi, vi parlo io di *sacrificio* e non di *conquista*? di virtù, di miglioramento morale, d'educazione, e non di *benessere* materiale? È questione che debbo mettere in chiaro, prima di andare innanzi, perché in questo appunto sta la differenza tra la nostra scuola e molt'altre che vanno predicandosi oggi in Europa; poi, perché questa è dimanda che sorge facilmente nell'anima irritata dell'operaio che soffre.

Siamo poveri, schiavi, infelici: parlateci di miglioramenti materiali, di libertà, di felicità. Diteci se siamo condannati a sempre soffrire o se dobbiamo alla nostra volta godere. Predicate il Dovere a' nostri padroni, alle classi che ci stanno sopra e che trattando noi come macchine, fanno monopolio dei beni che spettano a tutti. A noi parlate di dritti: parlate dei modi di rivendicarceli; parlate della nostra potenza. Lasciate che abbiamo esistenza riconosciuta; ci parlerete allora di doveri e di sacrifizio. Così dicono molti fra i nostri operai, seguono dottrine ed associazioni corrispondenti al loro desiderio; non dimenticando che una sola cosa, ed è: che il linguaggio invocato da essi s'è tenuto da cinquanta anni in poi, senza aver fruttato un menomo che di miglioramento materiale alla condizione degli operai.

Da cinquanta anni in poi, tutto quanto s'è operato pel progresso e pel bene contro ai governi assoluti o contro l'aristocrazia del sangue, s'è operato in nome dei Diritti dell'uomo, in nome della libertà come mezzo e del *benessere* come scopo alla vita. Tutti gli atti della Rivoluzione Francese e dell'altre che la seguirono e la imitarono furono conseguenza d'una "Dichiarazione dei Diritti dell'uomo". Tutti i lavori dei Filosofi che la prepararono furono fondati sopra una teoria di libertà, sull'insegnamento dei propri diritti ad ogni individuo. Tutte le scuole rivoluzionarie predicarono all'uomo che egli è nato per la felicità, che ha diritto di ricercarla con tutti i suoi mezzi, che nessuno ha diritto di ostacolarlo in questa ricerca, e che egli ha quello di rovesciare gli ostacoli incontrati sul suo cammino. E gli ostacoli furono rovesciati: la libertà fu conquistata: durò per anni in molti paesi: in alcuni ancora dura. La condizione del *popolo* ha migliorato? I milioni che vivono alla giornata sul lavoro delle loro braccia hanno forse acquistato una menoma parte del *benessere* sperato, promesso?

No: la condizione del popolo non ha migliorato; ha peggiorato anzi e peggiora in quasi tutti i paesi. Specialmente qui, dove io scrivo, il prezzo delle cose necessarie alla vita è andato progressivamente aumentando, il salario dell'operaio in molti rami d'attività progressivamente diminuendo, e la popolazione moltiplicando. In quasi tutti i paesi, la sorte degli uomini di lavoro è diventata più incerta, più precaria; le crisi che condannano migliaia d'operai all'inerzia per un certo tempo si son fatte più frequenti. L'accrescimento annuo delle emigrazioni di paese in paese, e d'Europa alle altre parti del mondo, e la cifra sempre crescente degli istituti di beneficenza, delle tasse pei poveri, dei provvedimenti per la mendicità bastano a provarlo. Questi ultimi provano anche che l'attenzione pubblica va più sempre svegliandosi sui mali del popolo; ma la loro inefficacia a diminuire visibilmente quei mali dimostra un aumento egualmente progressivo di miseria nelle classi alle quali tentano provvedere.

E nondimeno, in questi ultimi cinquant'anni, le sorgenti della ricchezza sociale e la massa dei beni materiali sono andate crescendo. La produzione ha raddoppiato. Il commercio, attraverso crisi continue, inevitabili nell'assenza assoluta d'organizzazione, ha conquistato più forza d'attività e una sfera più estesa alle sue operazioni. Le comunicazioni hanno acquistato pressoché dappertutto sicurezza e rapidità; è diminuito, quindi, col prezzo del trasporto, il prezzo delle derrate. E, d'altra parte, l'idea dei diritti inerenti alla natura umana è oggimai generalmente accettata; accettata a parole e ipocritamente anche da chi cerca, nel fatto, eluderla. Perché dunque la condizione del popolo non ha migliorato? Perché il consumo dei prodotti, invece di ripartirsi equamente fra tutti i membri delle società europee, s'è concentrato nelle mani di pochi uomini appartenenti a una nuova aristocrazia? Perché il nuovo impulso comunicato all'industria e al commercio ha creato, non il *benessere* dei più, ma il lusso smodato di alcuni?

La risposta è chiara per chi vuol internarsi un po' nelle cose. Gli uomini son creature d'educazione, e non operano che a seconda del principio d'educazione che loro è dato. Gli uomini che promossero le rivoluzioni anteriori s'erano fondati sull'idea dei *diritti* appartenenti all'individuo: le rivoluzioni conquistarono la libertà: libertà individuale, libertà d'insegnamento, libertà di credenze, libertà di commercio, libertà di ogni cosa e per tutti. Ma che mai importavano i diritti riconosciuti a chi non avea mezzo d'esercitarli? Che importava la libertà d'insegnamento a chi non aveva né tempo, né mezzi per profittarne? Che importava la libertà di commercio a chi non aveva cosa alcuna da porre in commercio, né capitali, né credito? La società si componeva, in tutti i paesi dove quei principi furono proclamati, d'un piccol numero d'individui possessori del terreno, del credito, dei capitali; e di vaste moltitudini di uomini non aventi che le proprie braccia, forzati a darle, come arnesi di lavoro, a quei primi e a qualunque patto, per vivere. Forzati a spendere in fatiche materiali e monotone l'intera giornata, che cosa era per essi, costretti a combattere colla fame, la libertà, se non una illusione, un'amara ironia? Perché nol fosse, sarebbe stato necessario che gli uomini delle classi agiate avessero consentito a ridurre il tempo dell'opera, a crescerne la retribuzione, a procacciare un'educazione uniforme gratuita alle moltitudini, a rendere gl'istrumenti del lavoro accessibili a tutti, a costituire un credito pel lavoratore dotato di facoltà e di buone intenzioni.

Or perché lo avrebbero fatto? Non era il *benessere* lo scopo supremo della vita? Non erano i beni materiali le cose desiderabili innanzi a tutte? Perché diminuirsene il godimento a vantaggio altrui? S'aiuti adunque chi può. Quando la società assicura ad ognuno che possa lo esercizio libero dei diritti spettanti alla umana natura, fa quanto è richiesto di fare. Se v'è chi, per fatalità della propria condizione, non può esercitarne alcuno, si rassegni e non incolpi nessuno. Era naturale che così dicessero infatti. E questo pensiero delle classi privilegiate di fortuna, riguardo alle classi povere, diventò rapidamente pensiero di ogni individuo verso ogni individuo. Ciascun uomo prese cura dei propri diritti e del miglioramento della propria condizione, senza cercare di provvedere all'altrui; e quando i proprii diritti si trovarono in urto con quelli degli altri, fu guerra: guerra non di sangue, ma d'oro e di insidie: guerra meno virile dell'altra, ma egualmente rovinosa: guerra accanita, nella quale i forti per mezzi schiacciano inesorabilmente i deboli o gli inesperti. In questa guerra continua, gli uomini si educarono all'egoismo e alla avidità dei beni materiali esclusivamente. La libertà di credenza ruppe ogni comunione di fede. La libertà di educazione generò l'anarchia morale. Gli uomini senza vincolo comune, senza unità di credenza religiosa e di scopo, chiamati a godere e non altro, tentarono ognuno la propria via, non badando se camminando su quella non calpestassero le teste dei loro fratelli, fratelli di nome ma nemici nel fatto. A questo siamo oggi, grazie alla teoria dei *diritti.*

Certo esistono diritti; ma dove i diritti di un individuo vengono a contrasto con quelli di un altro, come sperare di conciliarli, di metterli in armonia, senza ricorrere a qualche cosa superiore a tutti i diritti. E dove i diritti di un individuo, di molti individui, vengono a contrasto coi diritti del paese, a che tribunale ricorrere? Se il diritto al *benessere,* al più gran *benessere* possibile, spetta a tutti i viventi, chi scioglierà la questione tra l'operaio e il capo manifatturiere? Se il diritto alla esistenza è il primo inviolabile diritto di ogni uomo, chi può comandare il sacrificio dell'esistenza pel miglioramento d'altri uomini? Lo comanderete in nome della Patria, della Società, della moltitudine dei vostri fratelli! Cos'è la Patria, per l'opinione della quale io parlo, se non quel luogo in cui i nostri diritti individuali sono più sicuri? Cos'è la Società, se non un convegno d'uomini i quali hanno pattuito di mettere la forza di *molti* in appoggio dei diritti di *ciascuno*? E voi, dopo avere insegnato per cinquanta anni all'individuo che la Società è costituita per *assicurargli l'esercizio dei suoi diritti,* vorrete dimandargli di sacrificarli tutti alla Società, di sottomettersi, occorrendo, a continue fatiche, alla prigione, all'esilio, per migliorarla? Dopo avergli predicato per tutte le vie che lo scopo della vita è il *benessere,* vorrete a un tratto ordinargli di perder il *benessere* e la vita stessa per liberare il proprio paese dallo straniero, o per procacciare condizioni migliori a una classe che non è la sua? Dopo avergli parlato per anni in nome degli *interessi materiali,* pretendere che egli, trovando davanti a sé ricchezza e potenza, non stenda la mano ad afferrarle, anche a scapito dei suoi fratelli?

Operai italiani, questa non è opinione venuta senza appoggio di fatti nella nostra mente; è storia, storia dei nostri tempi, storia le cui pagine grondano sangue del popolo. Interrogate tutti gli uomini che cangiarono la rivoluzione del 1830 in una sostituzione di persone ad altre persone, e, a modo d'esempio, fecero dei cadaveri dei vostri compagni di Francia, morti combattendo nelle tre giornate, uno sgabello alla propria potenza: tutte le loro dottrine, prima del 1830, erano fondate sulla vecchia idea dei *diritti* non sulla credenza nei *doveri* dell'uomo. Voi li chiamate in oggi traditori ed apostati, e non furono che conseguenti alla loro dottrina. Combattevano con sincerità il governo di Carlo X, perché quel governo era direttamente nemico alla classe d'onde essi uscivano, e violava e tendeva a sopprimere i loro diritti. Combattevano in nome di quel *benessere,* ch'essi non possedevano quanto pareva loro di meritare.

Alcuni erano perseguitati nella libertà del pensiero; altri, ingegni potenti, si vedevano negletti, allontanati dagli impieghi, che occupavano uomini di capacità inferiore alla loro. Allora anche i mali del popolo li irritavano. Allora scrivevano arditamente e di buona fede intorno ai diritti che appartengono a ogni uomo. Poi, quando i *loro* diritti politici e intellettuali si trovarono assicurati, quando la via agli impieghi fu loro aperta, quando ebbero conquistato il *benessere* che cercavano, dimenticarono il popolo, dimenticarono che i milioni, inferiori ad essi per educazione e per desideri, cercavano l'esercizio d'altri *diritti* e la conquista di un'altro *benessere,* posero l'animo in pace e non si curarono d'altro che di sé stessi. Perché li chiamate traditori? Perché non chiamate invece traditrice la loro dottrina? Viveva e scriveva nello stesso tempo in Francia un uomo che non dovete dimenticare, più potente d'ingegno che essi tutti non erano: era allora nemico nostro; ma credeva nel *dovere* di sacrificare l'intera esistenza al bene comune, alla ricerca e al trionfo della Verità: studiava attento gli uomini e i tempi, non si lasciava sedurre dagli applausi, né avvilire dalle delusioni: tentata e fallita una via, ritentava sopra un'altra il miglioramento dei più: e quando i tempi cangiati gli mostrarono un solo elemento capace d'operarlo, quando il popolo si mostrò sull'arena più virtuoso e credente che non tutti coloro i quali avevano preteso trattar la sua causa, egli, Lamennais, l'autore delle *Parole d'un credente* che avete lette voi tutti, divenne il migliore apostolo della causa nella quale siamo fratelli. Eccovi, in lui e negli uomini dei quali ho parlato, rappresentata la differenza tra gli uomini dei *diritti* e quei del *Dovere*. Ai primi la conquista dei loro diritti individuali, togliendo ogni stimolo, basta perché s'arrestino: il lavoro dei secondi non s'arresta qui in terra che colla vita.

E tra i popoli interamente schiavi, dove la lotta ha ben altri pericoli, dove ogni passo che si move verso il bene è segnato dal sangue d'un martire, dove il lavoro contro l'ingiustizia dominatrice è necessariamente segreto e privo dei conforti della pubblicità e della lode, quale obbligo, quale stimolo alla costanza può mantenere sulla via del bene gli uomini che riducono la santa guerra sociale che noi sosteniamo a un combattimento pei loro *diritti*? Parlo, s'intende, della generalità e non delle eccezioni che esistono in tutte le dottrine. Perché, sedato il tumulto di spiriti e il movimento di reazione contro la tirannide che trascina naturalmente alla lotta la gioventù, dopo qualche anno di sforzi, dopo delusioni inevitabili in impresa siffatta, quegli uomini non si stancherebbero? Perché non preferirebbero il riposo comunque a una vita irrequieta, agitata di contrasti e pericoli, che può un giorno o l'altro finire in una prigione, sul patibolo, o nello esilio? È storia pur troppo dei più fra gli Italiani d'oggidì, imbevuti come sono delle vecchie idee francesi: tristissima storia; ma come interromperla se non cangiando il principio da cui partono per dirigersi? Come e in nome di chi convincerli che i pericoli e le delusioni devono farli più forti, che hanno a combattere non per alcuni anni, ma per tutta la loro vita? Chi può dire ad un uomo: *segui a lottare per i tuoi diritti,* quando lottare per essi gli costa più caro che non l'abbandonarli?

E chi può, anche in una società costituita su basi più giuste che non le attuali, convincere un uomo fondato unicamente sulla teoria dei *diritti*, ch'egli ha da mantenersi sulla via comune e occuparsi di dare sviluppo al pensiero sociale? Ponete che ei si ribelli; ponete che egli si senta forte e vi dica: *rompo il patto sociale: le mie tendenze, le mie facoltà mi chiamano altrove; ho diritto sacro, inviolabile, di svilupparle, e mi pongo in guerra contro tutti*: quale risposta potrete voi dargli stando alla dottrina? Che diritto avete voi di punirlo perché siete maggiorità, d'imporgli ubbidienza a leggi che non si accordano coi suoi desiderii, colle sue aspirazioni individuali? Che diritto avete voi di punirlo quand'ei le viola? I diritti appartengono eguali ad ogni individuo: la convivenza sociale non può crearne uno solo. La Società ha più forza, non più diritti dell'individuo. Come dunque proverete voi all'individuo ch'ei deve confondere la sua volontà colla volontà de' suoi fratelli nella Patria e nell'umanità? Col carnefice, colle prigioni? Le Società fin ora esistenti hanno fatto così. Ma questa è guerra, e noi vogliam pace: è repressione tirannica, e noi vogliamo educazione.

EDUCAZIONE, abbiamo detto; ed è la gran parola che racchiude tutta quanta la nostra dottrina. La questione vitale che s'agita nel nostro secolo è una questione di Educazione. Si tratta non *stabilire un nuovo ordine di cose colla violenza*; un ordine di cose stabilito colla violenza è sempre tirannico foss'anche migliore del vecchio: si tratta di *rovesciare colla forza la forza brutale che s'oppone in oggi a ogni tentativo di miglioramento*, di proporre al consenso della Nazione, messa in libertà, d'esprimere la sua volontà, l'ordine che par migliore e di *educare* con tutti i mezzi possibili gli uomini a svilupparlo, ad operare conformemente. Colla teoria dei *diritti* possiamo insorgere e rovesciare gli ostacoli; ma non fondare forte e durevole l'armonia di tutti gli elementi che compongono la Nazione. Colla teoria della felicità, del *benessere* dato per oggetto primo alla vita, noi formeremo uomini egoisti, adoratori della materia, che porteranno le vecchie passioni nell'ordine nuovo e lo corromperanno pochi mesi dopo. Si tratta dunque di trovare un principio educatore superiore a siffatta teoria, che guidi gli uomini al meglio, che insegni loro la costanza nel sacrificio, che li vincoli a' loro fratelli senza farli dipendenti dall'idea d'un solo o dalla forza di tutti. E questo principio è il DOVERE. Bisogna convincere gli uomini ch'essi, figli d'un solo Dio, hanno ad essere qui in terra esecutori d'una sola legge - che ognuno d'essi deve vivere, non per sé, ma per gli altri-che lo scopo della loro vita non è quello d'essere più o meno felici, ma di rendere sé stessi e gli altri migliori - che il combattere l'ingiustizia e l'errore a benefizio dei loro fratelli e dovunque si trova, è non solamente *diritto,* ma *dovere*: dovere da non negligersi senza colpa-dovere di tutta la vita.

Operai Italiani, fratelli miei! intendetemi bene. Quand'io dico, che la conoscenza dei loro *diritti* non basta agli uomini per operare un miglioramento importante e durevole, non chiedo che rinunzino a questi diritti; dico soltanto che non sono se non una conseguenza di *doveri* adempiti e che bisogna cominciare da questi per giungere a quelli. E quand'io dico, che proponendo come scopo alla vita la *felicità,* il *benessere,* interessi *materiali,* corriamo rischio di creare egoisti, non intendo che non dobbiate occuparvene; dico che gli interessi materiali, cercati soli, proposti non come *mezzi* ma come *fine,* conducono sempre a quel tristissimo risultato. Quando, sotto gli imperatori, gli antichi Romani si limitavano a chiedere *pane* e *divertimenti,* erano la razza più abietta che dar si possa; e dopo aver subita la tirannia stolida e feroce degli Imperatori, cadevano vilmente schiavi dei Barbari che invadevano. In Francia e altrove i nemici d'ogni progresso sociale hanno seminato la corruzione e tentano sviare le menti dall'idea di mutamento, cercando sviluppo all'attività materiale. E noi aiuteremo il nemica colle nostre mani? I miglioramenti materiali sono essenziali, e noi combatteremo per conquistarceli; ma non perché importi unicamente agli uomini d'essere ben nudriti e alloggiati; bensì perché la coscienza della vostra dignità e il vostro sviluppo morale non possono venirvi, finché vi state com'oggi in un continuo duello colla miseria! Voi lavorate dieci o dodici ore della giornata: come potete trovar *tempo* per educarvi? I più tra voi guadagnano appena tanto da sostenere sé e la loro famiglia: come possono trovar *mezzi* per educarsi? La precarietà e le interruzioni del vostro lavoro vi fanno trapassare dalla eccessiva operosità alle abitudini dello sfaccendato: come potreste acquistar le tendenze all'ordine, alla regolarità, all'assiduità? La scarsezza del vostro guadagno sopprime ogni speranza di risparmio efficace e tale che possa un giorno giovare ai vostri figli o agli anni della vostra vecchiaia: come potreste educarvi ad abitudini d'economia? Molti fra voi sono costretti dalla miseria a separare i fanciulli, non diremo dalle cure-quali cure d'educazione possono dare ai figli le povere mogli degli operai?-ma dall'amore e dallo sguardo delle madri, cacciandoli, per alcuni soldi, ai lavori nocivi delle manifatture; come possono, in condizione siffatta, svilupparsi, ingentilirsi i sentimenti di famiglia? Non avete diritti di cittadini, né partecipazione alcuna d'elezione e di voto alle leggi che regolano i vostri atti e la vostra vita: come potreste avere coscienza di cittadini e zelo per lo Stato e affetto sincero alle leggi? La giustizia è inegualmente distribuita fra voi e l'altre classi: d'onde imparereste il rispetto e l'amore alla giustizia? La Società vi tratta senz'ombra di simpatia: d'onde imparereste a simpatizzare colla Società? Voi dunque avete bisogno che cangino le vostre condizioni materiali, perché possiate svilupparvi moralmente: avete bisogno di lavorare meno per poter consacrare alcune ore della vostra giornata al progresso dell'anima vostra: avete bisogno di una retribuzione di lavoro che vi ponga in grado di accumulare risparmi, d'acquietarvi l'animo sull'avvenire, di purificarvi sopra tutto d'ogni sentimento di reazione, d'ogni impulso di vendetta, d'ogni pensiero d'ingiustizia verso chi vi fu ingiusto. Dovete dunque cercare, e otterrete questo come mutamento; ma dovete cercarlo come *mezzo,* non *fine*: cercarlo per senso di *dovere,* non unicamente di *diritto*: cercarlo per farvi *migliori,* non unicamente per farvi *materialmente* felici. Dove no, quale differenza sarebbe tra voi e i vostri tiranni? Essi son tali precisamente, perché non guardano che al *benessere,* alle voluttà, alla potenza.

Farvi migliori: questo ha da essere lo scopo della vostra vita. Farvi stabilmente meno infelici, voi noi potete, se non migliorando. I tiranni sorgerebbero a mille tra voi, se voi non combatteste che in nome degli interessi materiali, o d'una certa organizzazione. Poco importa che mutiate le organizzazioni, se lasciate voi stessi e gli altri colle passioni e coll'egoismo dell'oggi: le organizzazioni sono come certe piante che danno veleno o rimedio a seconda delle operazioni di chi le ministra. Gli uomini buoni fanno buone le organizzazioni cattive, i malvagi fanno triste le buone.

Si tratta di render migliori e convinte dei loro doveri le classi ch'oggi, volontariamente o involontariamente, v'opprimono; né potete riescirvi se non cominciando a fare, quanto è possibile, migliori voi stessi.

Quando dunque udite dirvi dagli uomini, che predicano la necessità d'un cangiamento sociale, ch'essi lo produrranno invocando unicamente i vostri *diritti*, siate loro riconoscenti delle buone intenzioni, ma diffidate della riuscita. I mali del povero sono noti, in parte almeno, alle classi agiate; *noti* ma non *sentiti*. Nell'indifferenza generale nata dalla mancanza d'una fede comune, nell'egoismo, conseguenza inevitabile della predicazione continuata da tanti anni del *benessere* materiale, quei che non soffrono si sono a poco a poco avvezzi a considerare quei mali come una triste necessità dell'ordine sociale o a lasciare la cura dei rimedi alle generazioni che verranno. La difficoltà non è nel convincerli; è nel riscoterli dall'inerzia, nel ridurli, convinti che siano, ad *agire*, ad associarsi, ad affratellarsi con voi per conquistare l'organizzazione sociale, che porrà fine, per quanto le condizioni dell'Umanità lo concedono, ai vostri mali e ai loro terrori. Ora questa è l'opera della fede, della fede nella missione che Dio ha dato alla creatura umana qui sulla Terra, nella responsabilità che pesa su tutti coloro che non la compiono, nel Dovere che impone a ciascuno di operare continuamente e con sacrifizio a norma del Vero. Tutte le dottrine possibili di *diritti* e di *benessere* materiale non potranno che condurvi a tentativi che, se rimarranno isolati o unicamente appoggiati sulle vostre forze, non riesciranno: non potranno che preparare il più grave dei delitti sociali: una guerra civile fra classe e classe.

Operai italiani! fratelli miei! Quando Cristo venne e cangiò la faccia del mondo, ei non parlò dei diritti ai ricchi, che non avevano bisogno di conquistarli; a' poveri, che ne avrebbero forse abusato ad imitazione dei ricchi: non parlò d'utile o d'interessi a una gente, che gl'interessi e l'utile avevano corrotto: parlò di Amore, di Sacrificio, di Fede; disse che *quegli solo sarebbe il primo fra tutti, che avrebbe giovato a tutti coll'opera sua.* Quelle parole sussurrate nell'orecchio ad una società che non aveva più scintilla di vita, la rianimarono, conquistarono i milioni, conquistarono il mondo e fecero progredire d'un passo l'educazione del genere umano. Operai Italiani! noi siamo in un epoca simile a quella di Cristo. Viviamo in mezzo a una Società incadaverita, come era quella dell'Impero Romano, col bisogno nell'animo di ravvivarla, di trasformarla, d'associare tutti i membri e i lavori in una sola fede, sotto una sola legge, verso uno scopo: sviluppo libero progressivo di tutte le facoltà che Dio ha messo in germe nella sua creatura. Cerchiamo che Dio regni sulla terra siccome nel Cielo, o meglio che la terra sia una preparazione al Cielo, e la Società un tentativo di avvicinamento progressivo al pensiero Divino.

Ma ogni atto di Cristo rappresentava la fede che ei predicava, e intorno a lui v'erano apostoli che incarnavano nei loro atti la fede che essi avevano accettata. Siate tali e vincerete. Predicate il Dovere agli uomini delle classi che vi stanno sopra, e compite, per quanto è possibile, i doveri vostri: predicate la virtù, il sacrifizio, l'amore; e siate virtuosi e pronti al sacrifizio e all'amore. Esprimete coraggiosamente i vostri bisogni e le vostre idee; ma senz'ira, senza reazione, senza minaccia: la più potente minaccia, se v'è chi ne abbia bisogno, è la fermezza, non l'irritazione del linguaggio, mentre propagate tra i vostri compagni l'idea dei loro futuri destini, l'idea d'una nazione, che darà loro nome, educazione, lavoro e retribuzione proporzionata e coscienza e missione d'uomini mentre infondete in essi il sentimento della lotta inevitabile, alla quale essi devono prepararsi per conquistarla contro le forze dei tristi nostri governi e dello straniero-cercate istruirvi, migliorare, educarvi alla piena conoscenza e alla pratica dei vostri doveri. È lavoro questo impossibile in gran parte d'Italia per le moltitudini: nessun piano d'educazione popolare può verificarsi tra noi senza un cangiamento nella condizione materiale del popolo, e senza una rivoluzione politica: chi s'illude a sperarlo e lo predica come preparativo indispensabile ad ogni tentativo d'emancipazione, predica l'inerzia, non altro. Ma i pochi tra voi, ai quali le circostanze corrono un po' migliori e il soggiorno in paesi stranieri concede mezzi più liberi d'educazione, lo possono, quindi lo devono. E i pochi tra voi, imbevuti una volta dei veri principii dai quali dipende l'educazione d'un Popolo, basteranno a spargerli fra le migliaia, a dirigerlo sulla via e proteggerlo dai sofismi e dalle false dottrine che verranno a insidiarlo.

Capitolo secondo

Dio

L'origine dei vostri Doveri sta in Dio. La definizione dei vostri DOVERI sta nella sua Legge. La scoperta progressiva e l'applicazione della sua Legge appartengono all'Umanità.

Dio esiste. Noi non dobbiamo né vogliamo provarvelo: tentarlo ci sembrerebbe bestemmia, come negarlo, follia. Dio esiste perché noi esistiamo. Dio vive nella nostra coscienza, nella coscienza dell'Umanità, e nell'Universo che ci circonda. La nostra coscienza lo invoca nei momenti più solenni di dolore e di gioia. L'Umanità ha potuto trasformarne, guastarne, non mai sopprimerne il santo nome. L'Universo lo manifesta coll'ordine, coll'armonia, colla intelligenza dei suoi moti e delle sue leggi. Non vi sono atei fra voi: se ve ne fossero, sarebbero degni non di maledizione, ma di compianto. Colui che può negare Dio davanti ad una notte stellata, davanti alla sepoltura de' suoi più cari, davanti al martirio, è grandemente infelice o grandemente colpevole. Il primo ateo fu senz'alcun dubbio un uomo che avea celato un delitto agli altri uomini e cercava, negando Dio, liberarsi dell'unico testimonio a cui non poteva celarlo e soffocare il rimorso che lo tormentava: forse fu un tiranno che avea rapito colla libertà metà dell'anima a' suoi fratelli e tentava sostituire l'adorazione della Forza brutale alla fede nel Dovere e nel Diritto immortale. Dopo lui, vennero qua e là, di secolo in secolo, uomini che per aberrazione di filosofia insinuarono l'ateismo, ma pochissimi e vergognosi:-vennero, in momenti non lontani da noi, moltitudini, che per irritazione contro un'idea di Dio falsa, stolta, architettata a proprio benefizio da una casta o da un potere tirannico, negarono Dio medesimo; ma fu un istante, e in quell'istante adorarono, tanto avevano bisogno di Dio, la dea Ragione, la dea Natura. Oggi, vi sono uomini che aborrono da ogni religione, perché vedono la corruzione nelle credenze attuali e non indovinano la purità di quelle dell'avvenire; ma nessun tra loro osa dirsi ateo: vi sono preti che prostituiscono il nome di Dio ai calcoli della venalità, o al terrore dei potenti: vi sono tiranni che lo imposturano invocandolo a protettore delle loro tirannidi; ma perché la luce del sole ci viene spesso offuscata e guasta da sozzi vapori, negheremo il sole o la potenza vivificatrice del suo raggio sull'universo? Perché dalla libertà i malvagi possono talvolta far sorgere l'anarchia, malediremo alla libertà? La fede in Dio brilla d'una luce immortale attraverso tutte le imposture e le corruttele che gli uomini addensano intorno a quel nome. Le imposture e le corruttele passano, come passano le tirannidi: Dio resta, come resta il *Popolo,* immagine di Dio sulla terra. Come il popolo, attraverso schiavitù, patimenti e miserie, conquista a grado a grado coscienza, forza, emancipazione, il nome santo di Dio sorge dalle rovine dei culti corrotti a splendere, circondato d'un culto più puro, più fervido e più ragionevole.

Io dunque non vi parlo di Dio per dimostrarvene l'esistenza, o per dirvi che dovete adorarlo: voi lo adorate, anche non nominandolo, ogni qualvolta voi *sentite* la vostra vita e la *vita* degli esseri che vi stanno intorno: ma per dirvi *come* dovete adorarlo; per ammonirvi intorno a un errore che domina le menti di molti tra gli uomini delle classi che vi dirigono, e, per esempio loro, di molti tra voi: errore grave e rovinoso quanto è l'ateismo.

Questo errore è la separazione più o meno dichiarata, di Dio dall'opera sua, dalla Terra sulla quale voi dovete compire un periodo della vostra vita.

Avete, da una parte, una gente che vi dice: "Sta bene: Dio esiste; ma voi non potete più che ammetterlo ed adorarlo. La relazione tra lui e gli uomini, nessuno può intenderla o dichiararla. È questione da dibattersi fra Dio medesimo e la vostra coscienza. Pensate intorno a questo ciò che volete, ma non proponete la vostra credenza ai vostri simili; non cercate d'applicarla alle cose di questa terra. La politica è una cosa, la religione un'altra. Non le confondete. Lasciate le cose del Cielo al potere spirituale stabilito, qualunque ei siasi, salvo a voi di non credergli, se vi pare ch'ei tradisca la sua missione: lasciate che ognuno pensi e creda a suo modo; voi non dovete occuparvi in comune che delle cose della terra. Materialisti o spiritualisti, credete voi nella libertà, o nell'eguaglianza degli uomini? volete il ben essere per la maggiorità? volete il suffragio universale? Riunitevi per ottenere codesto intento; non avete bisogno per questo d'intendervi sulle quistioni che riguardano il cielo."

Avete d'altra parte uomini che vi dicono: "Dio esiste; ma così grande, troppo superiore a tutte le cose create, perché voi possiate sperar di raggiungerlo coll'opere umane. La terra è fango. La vita è un giorno. Distaccatevi dalla prima quanto più potete: non date valore che non merita alla seconda. Che sono mai tutti gli interessi terreni a fronte della vita immortale dell'anima vostra? Pensate a questa: guardate al Cielo. Che v'importa se voi vivete quaggiù in un modo o in un altro? Siete destinati a morire; e Dio vi giudicherà secondo i pensieri che avrete dato, non alla terra, ma a Lui. Soffrite? Benedite al Signore che vi manda quei patimenti. L'esistenza terrena è una prova. La vostra è terra d'esilio. Sprezzatela ed innalzatevi. Di mezzo ai patimenti, alla miseria, alla schiavitù, voi potete rivolgervi a Dio, e santificarvi nell'adorazione di Lui, nella preghiera, nella fede in un avvenire che vi compenserà largamente, e nel disprezzo delle cose mondane."

Di quei che così vi parlano, i primi non *amano* Dio; i secondi non lo *conoscono*.

L'uomo è uno, direte ai primi. Voi non potete troncarlo in due, e far sì ch'egli concordi con voi nei principii che devono regolare l'ordinamento della Società quand'ei differisca intorno all'origine sua, ai suoi destini e alla sua legge di vita quaggiù. Le religioni governano il mondo. Quando gli uomini dell'India *credevano* d'essere nati, gli uni dalla testa, altri dalle braccia, altri dai piedi di Brama, Divinità loro, ordinavano la Società secondo la divisione degli uomini in caste, assegnavano agli uni ereditariamente il lavoro intellettuale, ad altri la milizia, ad altri le opere servili, e si condannavano a una immobilità che ancor dura e durerà, finché la credenza in quel principio non cada.

Quando i Cristiani dichiararono al mondo, che gli uomini erano *tutti* figli di Dio e fratelli di Lui, tutte le dottrine dei legislatori e dei teosofi dell'antichità, che stabilivano l'esistenza di due nature negli uomini, non valsero ad impedire l'abolizione della schiavitù, e quindi un ordinamento radicalmente diverso nella Società. Ad ogni progresso delle credenze religiose, noi possiamo mostrarvi corrispondente alla storia dell'Umanità un progresso sociale: alla vostra dottrina d'indifferenza in fatto di religione, voi non potete mostrarci altra conseguenza che l'anarchia. Voi avete potuto distruggere, non mai fondare: smentiteci, se potete. A forza d'esagerare un principio contenuto nel Protestantesimo, e che oggi il Protestantesimo, pur sente il bisogno di abbandonare-a forza di dedurre tutte le vostre idee unicamente dall'indipendenza dell'individuo-voi siete giunti, a che? all'anarchia, cioè all'oppressione del debole, che non ha mezzi, né tempo, né istruzione per esercitare i propri diritti, nell'ordinamento politico; all'egoismo, cioè all'isolamento e alla rovina del debole che non può aiutarsi da sé nella morale. Ma noi vogliamo Associazione: come ottenerla sicura se non da fratelli che credono negli stessi principii regolatori, che s'uniscono nella stessa fede, che giurino nell'istesso nome? Vogliamo educazione: come darla o riceverla, se non in virtù d'un principio che contenga l'espressione delle nostre credenze sull'origine, sul fine, sulla legge di vita dell'uomo su questa terra? Vogliamo educazione comune: come darla o riceverla, senza una fede comune? Vogliamo formare Nazione: come riescirvi, se non credendo in uno scopo comune, in un *dovere* comune? E donde possiamo noi dedurre un *dovere* comune? se non dall'idea che ci formiamo di Dio e della sua relazione con noi? Certo: il suffragio universale è cosa eccellente; è il solo mezzo legale col quale un paese possa, senza crisi violente ogni tanto, governarsi; ma il suffragio universale in un paese dominato da una fede darà l'espressione della tendenza, della volontà *nazionale*; in un paese privo di credenze comuni, cosa mai potrà esprimere se non l'interesse numericamente più forte e l'oppressione di tutti gli altri? Tutte le riforme politiche in ogni paese irreligioso, o non curante di religione, dureranno quanto il capriccio o l'interesse degli individui vorranno e non più. L'esperienza degli ultimi cinquanta anni ci ha addottrinati, su questo punto, abbastanza.

Agli altri che vi parlano del *Cielo*, scompagnandolo dalla *Terra*, voi direte che cielo e terra sono, come la via e il termine della via, una cosa sola. Non dite che la terra è fango: la terra è Dio: Dio la creava perché per essa salissimo a Lui. La terra non è un soggiorno di espiazione o di tentazione: è il luogo del nostro lavoro per un fine di miglioramento, del nostro sviluppo verso un grado d'esistenza superiore. Dio ci creava non per la contemplazione, ma per l'azione: ci creava ad immagine sua, ed egli è Pensiero ed Azione, anzi non v'è in lui *pensiero* che non si traduca in *azione*. Noi dobbiamo, dite, sprezzare tutte le cose mondane e calpestare la vita terrena, per occuparci della celeste; ma cos'è la vita terrena, se non un preludio della celeste, un avviamento a raggiungerla? non v'avvedete che voi benedicendo l'ultimo gradino della scala per la quale noi tutti dobbiamo salire, e maledicendo al primo, ci troncate la vita?

La vita d'un'anima è sacra, in ogni suo periodo: nel periodo terreno come negli altri che seguiranno; bensì, ogni periodo dev'essere preparazione all'altro, ogni sviluppo temporaneo deve giovare allo sviluppo continuo ascendente alla vita immortale che Dio trasfuse in ciascuno di noi e nella Umanità complessiva che cresce coll'Opera di ciascuno di noi. Or Dio v'ha messo quaggiù sulla terra: v'ha messo intorno milioni di esseri simili a voi, il cui pensiero si alimenta del vostro pensiero, il cui miglioramento progredisce col vostro, la cui vita si feconda della vostra vita: v'ha dato, a salvarvi dai pericoli dell'isolamento, bisogni che non potete soddisfar soli, e istinti predominanti sociali che dormono nei bruti e che vi distinguono da essi: v'ha steso intorno quel mondo che voi chiamate Materia, magnifico di bellezza, pregno di vita, d'una vita che, non dovete dimenticarlo, si mostra per ogni dove tanto che vi si vegga il segno di Dio, ma aspetta nondimeno l'opera vostra, dipende nelle sue manifestazioni da voi, e si moltiplica di potenza quanto più la vostra attività si moltiplica: v'ha posto dentro simpatie inestinguibili, la pietà per chi geme, la gioia per chi sorride, l'ira contro chi opprime la creatura, il desiderio incessante del Vero, l'ammirazione pel Genio che scopre qualche parte del vero, l'entusiasmo per chi lo traduce in azione giovevole a tutti, la venerazione religiosa per chi, non potendo farlo trionfare, muore martire, portando col proprio sangue testimonianza per esso-e voi negate, sprezzate questi indizii della vostra missione che Dio v'ha profuso d'intorno, anzi cacciate l'anatema sui segni suoi, chiamandoci a concentrare tutte le nostre forze in una opera di purificazione interna, imperfetta, impossibile quando è solitaria! Or Dio non punisce chi la pensa così? Non degrada egli lo schiavo? Non sommerge egli negli appetiti sensuali, negli istinti ciechi di quella che voi chiamate *materia,* metà dell'anima del povero giornaliero costretto a consumare, senza lume d'educazione, in una serie d'atti fisici, la vita divina? Trovate fede religiosa più viva nel *servo* Russo che non nel Polacco combattente le battaglie della patria e della Libertà? Trovate amore più fervente di Dio nel suddito avvilito d'un Papa e d'un Re tiranno, che non nel repubblicano Lombardo del dodicesimo secolo e nel repubblicano Fiorentino del decimoquarto? Dov'è lo spirito di Dio ivi è la libertà, ha detto uno dei più potenti Apostoli che noi conosciamo; e la religione ch'ei predicava decretò l'abolizione della schiavitù; chi può intendere e adorare convenientemente Dio strisciandosi ai piedi della sua creatura? La vostra non è religione, è setta d'uomini che hanno dimenticato la loro origine, le battaglie che i loro padri sostennero contro una società incadaverita, e le vittorie che riportarono trasformando quel mondo terrestre ch'oggi voi, o contemplatori, sprezzate. Qualunque forte credenza sorga fra le rovine delle vecchie esaurite, trasformerà l'ordinamento sociale esistente, perché ogni forte credenza cerca applicarsi a tutti i rami dell'attività umana; perché la terra ha cercato sempre, in ogni epoca, conformarsi al *cielo* in cui essa credeva; perché tutta intera la storia dell'Umanità ripete, sotto forme diverse e a gradi diversi, secondo i tempi, la parola registrata nella Orazione Domenicale del Cristianesimo: *Venga il tuo regno sulla terra, o Signore, siccome è nel cielo.*

Venga il regno di Dio sulla terra, siccome è nel cielo: sia questa, o fratelli miei, meglio intesa e applicata che non fu per l'addietro, la vostra parola di fede, la vostra preghiera: ripetetela e operate perché si verifichi. Lasciate ch'altri tenti persuadervi la rassegnazione passiva, l'indifferenza alle cose terrene, la sommissione ad ogni potere temporale anche ingiusto, replicandovi, male intesa, quell'altra parola: "Rendete a Cesare ciò ch'è il Cesare e ciò ch'è di Dio a Dio".

Possono dirvi cosa che non sia di Dio? Nulla è di Cesare se non quanto è conforme alla Legge Divina. Cesare, ossia il potere temporale, il governo civile non è che il mandatario, l'esecutore, quanto le sue forze e i tempi concedono, del disegno di Dio: dove tradisce il mandato, è vostro, non diremo diritto, ma dovere mutarlo. A che siete quaggiù, se non per affaticarvi a sviluppare coi vostri mezzi e nella vostra sfera il concetto di Dio? A che professare di *credere* nell'unità del genere umano, conseguenza inevitabile dell'Unità di Dio, se non lavorate a vivificarla combattendo le divisioni arbitrarie, le inimicizie che separano tuttavia le diverse tribù formanti l'Umanità? A che *credere* nella Libertà umana, base della umana responsabilità, se non ci adoperiamo a distruggere tutti gli ostacoli che impediscono la prima e viziano la seconda? A che parlare di Fratellanza, pur concedendo che i nostri fratelli siano ogni dì conculcati, avvinti, sprezzati? La terra è la nostra lavoreria: non bisogna maledirla; bisogna santificarla. Le forze materiali che ci troviamo d'intorno sono i nostri strumenti di lavoro; non bisogna ripudiarli, bisogna costantemente, ardentemente dirigerli al bene.

Ma questo, voi, senza Dio, non potete. V'ho parlato di *Doveri*: v'ho insegnato che la sola conoscenza dei vostri *Diritti* non basta a guidarci durevolmente sulle vie del bene, non basta a darvi quel miglioramento progressivo, continuo, nella vostra condizione, che voi cercate: or bene, senza Dio, donde il Dovere? senza Dio, voi, a qualunque sistema civile vogliate appigliarvi, non potete trovare altra base che la Forza cieca, brutale, tirannica. Di qui non s'esce. O lo sviluppo delle cose umane dipende da una legge di provvidenza che noi tutti siamo incaricati di scoprire e di applicare, o è affidato al caso, alle circostanze del momento, all'uomo che sa meglio avvalersene. O dobbiamo obbedire a Dio, o servire ad uomini, uno o più non porta. Se non regna una mente suprema su tutte le menti umane, chi può salvarci dall'arbitrio dei nostri simili, quando si trovino più potenti di noi? Se non esiste una Legge santa, inviolabile, non creata dagli uomini, quale norma avremo per giudicare se un atto è giusto o non lo è? In nome di chi, in nome di che protesteremo contro l'oppressione e l'ineguaglianza? Senza Dio, non v'è altro dominatore che il Fatto: il Fatto davanti al quale i materialisti s'inchinano sempre, abbia nome Rivoluzione o Bonaparte: il Fatto del quale i materialisti anch'oggi, in Italia ed altrove, si fanno scudo per giustificare l'inerzia anche dove concordano teoricamente coi nostri principii. Or, comanderemo noi loro sacrificio, il martirio in nome delle nostre opinioni individuali? Cangeremo, in virtù solamente dei nostri interessi, la teorica in pratica, il principio astratto in azione? Disingannatevi. Finché parleremo a individui, in nome di quanto il nostro intelletto individuale ci suggerisce, avremo quel ch'oggi abbiamo: adesione a parole, non opera. Il grido che suonò in tutte le grandi rivoluzioni, il grido *Dio lo vuole! Dio lo vuole!* delle Crociate, può solo convertire gl'inerti in attivi, dar animo ai paurosi, entusiasmo di sacrifizio ai calcolatori, fede a chi respinge col dubbio ogni umano concetto. Provate agli uomini che l'opera d'emancipazione e di sviluppo progressivo alla quale voi li chiamate, stia nel disegno di Dio: nessuno si ribellerà. Provate loro che l'opera terrestre da compirsi quaggiù è essenzialmente connessa colla loro vita immortale: tutti i calcoli del momento spariranno davanti all'importanza dell'avvenire. Senza Dio, voi potete imporre, non persuadere: potete essere tiranni od oppressori alla volta vostra, non Educatori ed Apostoli.

Dio lo vuole, Dio lo vuole! È grido di popolo, o fratelli; è grido del *vostro popolo*, grido nazionale Italiano. Non vi lasciate ingannare, o voi che lavorate con sincerità d'amore per la vostra Nazione, da chi vi dirà forse che la tendenza Italiana non è che tentazione politica, e che lo spirito religioso s'è dipartito da essa. Lo spirito religioso non si dipartì mai dall'Italia finché l'Italia, comunque divisa, fu grande ed attiva; si dipartì, quando nel secolo decimosesto, caduta Firenze, caduta sotto le armi straniere di Carlo V, e sotto i raggiri dei Papi ogni libertà di vita Italiana, noi cominciammo a perdere tendenze nazionali e a vivere spagnuoli, tedeschi e francesi. Allora i nostri letterati incominciarono a far da buffoni ai principi e ad accarezzare la svogliatezza dei padroni, ridendo di tutti e di tutto. Allora i nostri preti, vedendo impossibile ogni applicazione di verità religiosa, incominciarono a far bottega del culto, e a pensare a se stessi, non al popolo ch'essi dovevano illuminare e proteggere. E allora il popolo, sprezzato dai letterati, tradito e spolpato dai preti, esiliato da ogni influenza nelle cose pubbliche, cominciò a vendicarsi ridendo dei letterati, diffidando dei preti, ribellandosi a tutte le credenze, poi che vedeva corrotta l'antica e non poteva presentire più in là. Da quel tempo in poi, noi ci trasciniamo tra le superstizioni comandate dall'abitudine o dai governi e la incredulità, abietti e impotenti. Ma noi vogliamo risorgere grandi ed onorati. E ricorderemo la tradizione Nazionale. Ricorderemo che col nome di Dio sulla bocca e colle insegne della loro fede nel centro della battaglia, i nostri fratelli lombardi vincevano, nel dodicesimo secolo, gl'invasori tedeschi, e riconquistavano le loro libertà manomesse. Ricorderemo che i repubblicani delle città toscane si radunavano al parlamento nei templi. Ricorderemo gli Artigiani Fiorentini che, respingendo il partito di sottomettere all'impero della famiglia Medici la loro libertà democratica, elessero, per voto solenne, Cristo capo della Repubblica-e il frate Savonarola predicante a un tempo il dogma di Dio e quello del popolo-e i Genovesi del 1746 liberatori, a furia di sassate, e del nome di Maria protettrice, della loro città dall'esercito tedesco che la occupava, e una catena d'altri fatti simili a questi, ne' quali il pensiero religioso protesse e fecondò il pensiero popolare Italiano.

E il pensiero religioso dorme, aspettando sviluppo, nel nostro popolo: chi saprà suscitarlo, avrà fatto più per la Nazione che non con venti sette politiche. Forse all'assenza di questo pensiero negli imitatori delle costituzioni e tattiche monarchiche forestiere che condussero i tentativi passati d'insurrezione in Italia, tanto quanto all'assenza d'uno scopo apertamente popolare, è dovuta la freddezza con che il popolo guardò finora a quei tentativi. Predicate dunque, o fratelli, in nome di Dio. Chi ha cuore italiano vi seguirà.

Predicate in nome di Dio. I letterati sorrideranno: dimandate ai letterati che cosa hanno fatto per la loro patria. I preti vi scomunicheranno: dite ai preti che voi conoscete Dio più ch'essi non fanno, e che tra Dio e la sua Legge, voi non avete bisogno d'intermediari. Il popolo v'intenderà e ripeterà con voi: *"Crediamo in Dio Padre Intelletto ed amore, Creatore ed Educatore dell'Umanità"*. E in quella parola, voi e il Popolo vincerete.

Capitolo terzo

La Legge

Voi avete vita: dunque avete una legge di vita. Non c'è vita senza legge. Qualunque cosa esiste, esiste in un certo modo, secondo certe condizioni, con una certa legge. Una legge d'aggregazione governa i minerali: una legge di sviluppo governa le piante: una legge di moto governa gli astri: una legge governa voi e la vostra vita: legge tanto più nobile ed alta quanto più voi siete superiori a tutte le cose create sulla terra. Svilupparvi, agire, vivere secondo la vostra legge è il primo, anzi l'unico vostro dovere.

Dio v'ha dato la vita; Dio v'ha dunque data la legge; Dio è l'unico Legislatore della razza umana. La sua legge è l'unica alla quale voi dobbiate ubbidire. Le leggi umane non sono valide e buone se non in quanto vi si uniformano, spiegandola ed applicandola: sono tristi ogni qualvolta la contradicono o se ne discostano: ed è non solamente vostro diritto, ma vostro dovere disubbidirle e abolirle. Chi meglio spiega ed applica ai casi umani la legge di Dio, è vostro capo legittimo: amatelo e seguitelo. Ma da Dio in fuori, non avete, né potete, senza tradirlo e ribellarvi da lui, avere padrone.

Nella *coscienza* della vostra legge di vita, della LEGGE DI DIO, sta dunque il fondamento della morale, la regola delle vostre azioni e dei vostri doveri, la misura della vostra responsabilità: in essa sta pure la vostra difesa contro le leggi ingiuste che l'arbitrio d'un uomo o di più uomini può tentare d'imporvi. Voi non potete, senza conoscerla, prender nomi o diritti d'uomini. Tutti i diritti hanno la loro origine in una legge, e voi, ogni qualvolta non potete invocarla, potete essere tiranni o schiavi, non altro: tiranni se siete forti, schiavi dell'altrui forza se siete deboli. Ad essere *uomini*, vi bisogna conoscere la legge che distingue la natura umana da quella dei bruti, delle piante, dei minerali, e conformarvi le vostre azioni.

Or, come conoscerla?

È questa la dimanda che in tutti i tempi l'Umanità ha indirizzato a quanti hanno pronunziato la parola: *legge, doveri;* e le risposte sono anch'oggi diverse.

Gli uni hanno risposto mostrando un Codice, un libro e dicendo: *"Qui dentro è tutta la legge morale."* Gli altri hanno detto: *"Ogni uomo interroghi il proprio core; ivi sta la definizione del bene e del male."* Altri ancora, rigettando il giudizio dell'individuo, ha invocato il consenso universale, e dichiarato che *dove l'umanità concorda in una credenza, quella è la vera.*

Erravano tutti. E la storia del genere umano dichiarava impotenti, con fatti irrecusabili, tutte queste risposte.

Quei che affermano trovarsi in un libro o sulla bocca d'un solo uomo tutta quanta la legge morale, dimenticano che non v'è codice dal quale l'Umanità, dopo una credenza di secoli, non si sia scostata per cercarne e ispirarne un'altro migliore, e che non v'è ragione, oggi specialmente, di credere che l'Umanità cangi di metodo.

A quel che sostengono la sola coscienza dell'*individuo* essere la norma del *vero* e del *falso*, ossia del bene e del male, basta ricordare, che nessuna religione, per santa che fosse, è stata senza eretici, senza dissidenti convinti e presti ad affrontare il martirio in nome della loro coscienza.

Oggi il Protestantesimo si divide e suddivide in mille sette tutte fondate sui diritti della *coscienza* dell'*individuo*; tutte accanite a farsi guerra tra loro, e perpetuanti l'anarchia di credenze, vera e sola sorgente della discordia che tormenta socialmente e politicamente i popoli dell'Europa.

E d'altra parte, agli uomini che rinnegano la testimonianza della coscienza dell'individuo per richiamarsi unicamente al consenso dell'Umanità in una credenza, basta ricordare come tutte le grandi idee che migliorano l'Umanità, cominciarono a manifestarsi in opposizione a credenze che l'Umanità consentiva, e furono predicate da individui che l'Umanità derise, perseguitò, crocefisse.

Ciascuna dunque di queste norme è insufficiente a ottenere la conoscenza della LEGGE DI DIO, della Verità! E nondimeno, la coscienza dell'individuo è santa: il consenso comune dell'Umanità è santo: e chiunque rinunzia a interrogare questo o quella, si priva d'un mezzo essenziale per conoscere la verità. L'errore generale fin qui è stato quello di volerla raggiungere con un *solo* di questi mezzi esclusivamente: errore decisivo e funestissimo nelle conseguenze, perché non si può stabilire la coscienza dell'individuo, sola norma della verità, senza cadere nell'anarchia; non si può invocare come inappellabile il consenso generale in un momento dato, senza soffocare la libertà umana e rovinare nella tirannide.

Così-e cito questi esempi per mostrare come da queste prime basi dipenda, più che generalmente non si crede, tutto quanto l'edifizio sociale-così gli uomini, servendo allo stesso errore, hanno ordinato la società politica, gli uni sul rispetto unicamente dei diritti dell'*individuo*, dimenticando interamente la missione educatrice della società; gli altri unicamente sui diritti, *sociali,* sacrificando la libertà e l'azione dell'individuo[1]. E la Francia dopo la sua grande rivoluzione, e l'Inghilterra segnatamente, c'insegnarono come il primo sistema non conduca che alla ineguaglianza e all'oppressione dei più; il Comunismo, fra gli altri, ci mostrerebbe, se potesse mai trapassare allo stato di fatto, come il secondo condanni a pietrificarsi la società togliendone ogni moto e ogni facoltà di progresso.

Così gli uni, considerando che i pretesi diritti dell'*individuo* hanno ordinato, o meglio, disordinato il sistema economico, gli danno per unica base la teoria della *libera concorrenza* illimitata; mentre gli altri, non guardando che all'unità *sociale,* vorrebbero fidare al governo il monopolio di tutte le forze produttrici dello Stato: due concetti, il primo de' quali ci ha dato tutti i mali dell'anarchia, il secondo ci darebbe l'immobilità e tutti i mali della tirannide.

Dio v'ha dato il consenso dei vostri fratelli e la vostra coscienza, come due ale per innalzarvi quanto è possibile sino a lui. Perché v'ostinate a troncarne una? Perché isolarvi, assorbirvi nel mondo? Perché voler soffocare la voce del genere umano? Ambe sono sacre: Dio parla in ambe. *Dovunque s'incontrano,* dovunque il grido della vostra coscienza è ratificato dal consenso dell'Umanità, ivi è Dio, ivi siete certi di avere in pugno la verità: l'uno è la verificazione dell'altro.

Se i vostri doveri non fossero che negativi, se consistessero unicamente nel *non fare il male,* nel non nuocere ai vostri fratelli, forse, nello stato di sviluppo in cui oggi sono anche i meno educati, il grido della vostra coscienza basterebbe a dirigervi. Siete nati al bene, e ogni qual volta voi operate direttamente *contro* la Legge, ogni qual volta voi commettete ciò che gli uomini chiamano *delitto,* v'è tal cosa in voi che v'accusa, tale una voce di rimprovero che voi potrete dissimulare agli altri, ma non a voi stessi. Ma i vostri più importanti doveri sono positivi. Non basta il *non fare:* bisogna *fare.*

---

1   Parlo naturalmente de' paesi dove s'è tentata col sistema monarchico costituzionale un'organizzazione qualunque della società: nei paesi governati dispoticamente non v'è società: i diritti dell'individuo sono egualmente sacrificati.

Non basta limitarsi a non operare *contro* la Legge: bisogna operare a *seconda* della Legge. Non basta il *non nuocere,* bisogna *giovare* ai vostri fratelli. Pur troppo finora la morale s'è presentata ai più fra gli uomini in una forma più negativa che affermativa. Gl'interpreti della Legge hanno detto: "non ruberai, non ammazzerai"; nessuno o pochi, hanno insegnato gli obblighi che spettano all'uomo, e il come egli debba giovare ai suoi simili e al disegno di Dio nella creazione. Or questo è il primo scopo della Morale; né l'individuo, consultando unicamente la propria coscienza, può raggiungerlo mai.

La coscienza dell'individuo parla in ragione della sua *educazione,* delle sue tendenze, delle sue abitudini, delle sue passioni. La coscienza dell'Irochese selvaggio parla un linguaggio diverso da quello dell'Europeo incivilito del XIX secolo. La coscienza dell'uomo libero suggerisce doveri che la coscienza dello schiavo non sospetta nemmeno. Interrogate il povero giornaliero Napoletano o Lombardo, al quale un cattivo prete fu l'unico apostolo di morale, al quale, s'ei pur sa leggere, quella del catechismo Austriaco fu l'unica lettura concessa, egli vi dirà che i suoi doveri sono lavoro assiduo a ogni prezzo per sostenere la sua famiglia, sommissione illimitata senza esame alle leggi quali esse siano, e il non nuocere altrui: a chi gli parlasse di doveri che lo legano alla patria e all'Umanità, a chi gli dicesse: "voi nuocete ai nostri fratelli, accettando di lavorare per un prezzo inferiore all'opera, voi peccate contro Dio e contro all'anima vostra, obbedendo a leggi che sono ingiuste", ei risponderebbe, come chi non intende, inarcando le ciglia. Interrogate l'operaio Italiano, al quale circostanze migliori o il contatto con uomini di più educato intelletto hanno insegnato più parte del vero; ei vi dirà che la sua patria è schiava, che i suoi fratelli sono *ingiustamente* condannati a vivere in miseria materiale e morale, e ch'ei sente il dovere di protestare, potendo, contro questa ingiustizia. Perché tanto divario fra i suggerimenti della coscienza in due individui dello stesso tempo e dello stesso paese? Perché fra dieci individui appartenenti in sostanza alla stessa credenza, quella che impone lo sviluppo e il progresso della razza umana, troviamo dieci convinzioni diverse sui modi d'applicare la credenza alle azioni, cioè sui *doveri*? Evidentemente, il grido della coscienza dell'individuo non basta, in ogni stato di cose e senz'altra norma, a rivelargli la Legge. La coscienza basta solo a insegnarvi che una legge esiste, non quali sono questi doveri. Per questo il martirio non s'è mai, e comunque l'egoismo predominasse, esiliato dall'Umanità; ma quanti martiri non sacrificarono l'esistenza per presunti doveri, a beneficio d'errori oggi patenti a ciascuno!

V'è dunque bisogno d'una scorta alla vostra coscienza, d'un lume che le rompa d'intorno la tenebra, d'una norma che ne verifichi e ne diriga gl'istinti. E questa norma è *l'Intelletto e l'Umanità.*

Dio ha dato *intelletto* a ciascun di voi, perché lo educhiate a conoscere la sua Legge. Oggi, la miseria, gli errori inveterati da secoli e la volontà dei vostri padroni, vi contrastano fin la possibilità d'educarlo; e per questo v'è necessario rovesciare quegli ostacoli colla forza. Ma quand'anche gli ostacoli saranno tolti di mezzo, l'intelletto di ciascun di voi sarà insufficiente a conoscere la legge di Dio, se non appoggiandosi all'intelletto dell'umanità. La vostra vita è breve: le vostre facoltà individuali sono deboli, incerte, e abbisognano d'un punto d'appoggio. Or Dio v'ha messo vicino un essere la cui vita è continua, e le cui facoltà sono la somma di tutte le facoltà individuali che si sono, da forse quattrocento secoli, esercitate; un essere che attraverso gli errori e le colpe degli individui migliora sempre in sapienza e moralità: un essere nel cui sviluppo Dio ha scritto e scrive ad ogni epoca una linea della sua Legge.

Quest'essere è l'Umanità.

L'Umanità, ha detto un pensatore del secolo scorso, *è un uomo che impara sempre.* Gl'individui muoiono; ma quel tanto di vero che essi hanno pensato, quel tanto di buono ch'essi hanno operato non va perduto con essi: l'Umanità lo raccoglie e gli uomini che passeggiano sulla loro sepoltura ne fanno lor pro. Ognuno di noi nasce in oggi in una atmosfera d'idee e di credenze elaborata da tutta l'Umanità anteriore: ognuno di noi porta, senza pur saperlo, un elemento più o meno importante alla vita dell'Umanità successiva. La educazione dell'Umanità progredisce come si inalzano in Oriente quelle piramidi alle quali ogni viandante aggiunge una pietra. Noi passiamo, viandanti d'un giorno, chiamati a compiere la nostra educazione individuale altrove; l'educazione dell'Umanità si mostra a lampi in ciascuno di noi, si svela lentamente, progressivamente, continuamente nell'Umanità. L'Umanità è il Verbo vivente di Dio. Lo spirito di Dio la feconda, e si manifestò sempre più puro, sempre più attivo d'epoca in epoca in essa, un giorno per mezzo d'un individuo, un altro per mezzo d'un popolo. Di lavoro in lavoro, di credenza in credenza, l'Umanità conquista via via una nozione più chiara della propria vita, della propria missione, di Dio e della sua Legge.

Dio s'incarna *successivamente* nell'umanità. La legge di Dio è una, sì come è Dio; ma noi lo scopriamo articolo per articolo, linea per linea, quanto più s'accumula l'esperienza educatrice delle generazioni che precedono, quanto più cresce in ampiezza e in intensità *l'associazione* fra le razze, fra i popoli, fra gl'individui. Nessun uomo, nessun popolo, nessun secolo può presumere di scoprirla intera: la legge morale, la legge di vita dell'umanità tutta quanta raccolta in associazione, quando tutte le forze, tutte le facoltà che costituiscono l'umana natura saranno sviluppate e in azione. Ma intanto, quella parte dell'Umanità ch'è più inoltrata nell'educazione c'insegna col suo sviluppo parte della legge che noi cerchiamo. Nella sua storia leggiamo il disegno di Dio; ne' suoi bisogni i nostri *doveri:* doveri che mutano o per dir meglio crescono coi bisogni, perché il nostro primo dovere sta nel concorrere a che l'Umanità salga prontamente quel grado di miglioramento e di educazione al quale Dio e i tempi l'hanno preparata.

Voi dunque, a conoscere la legge di Dio, avete bisogno d'interrogare non solamente la *vostra* coscienza, ma la coscienza, il consenso dell'Umanità; a conoscere i vostri doveri, avete bisogno d'interrogare i bisogni attuali dell'Umanità. La morale è progressiva come l'educazione del genere umano e di voi. La morale del Cristianesimo non era quella dei tempi Pagani: la morale del secolo nostro non è quella di diciotto secoli addietro. Oggi i vostri padroni, colla segregazione dell'altre classi, col divieto d'ogni associazione, colla doppia censura imposta alla stampa procacciano di nascondervi, coi bisogni dell'Umanità, i vostri doveri. E nondimeno, anche prima del tempo in cui la Nazione v'insegnerà gratuitamente dalle scuole di educazione generale la storia dell'Umanità nel passato e i suoi bisogni presenti, voi potete, volendo, imparare in parte almeno la prima e indovinare i secondi. I bisogni attuali dell'Umanità emergono in espressioni più o meno imperfette, dai fatti che occorrono ogni giorno nei paesi ai quali non è legge assoluta l'immobilità del silenzio. Chi vi vieta, fratelli delle terre schiave, saperli? Qual forza di sospettosa tirannide può lungamente contendere a milioni d'uomini, moltissimi dei quali viaggiano fuori d'Italia e rimpatriano, la conoscenza dei fatti europei? Se le associazioni pubbliche vi sono in quasi tutta Italia vietate, chi può vietar le segrete, quand'esse fuggano i simboli e le organizzazioni complicate, e non consistano che d'una catena fraterna stesa di paese in paese fino a toccare alcuno tra gli infiniti punti della frontiera? Non troverete voi sopra ogni punto della frontiera terrestre e marittima, uomini vostri, uomini che i vostri padroni hanno cacciato fuori di patria per aver voluto giovarvi, che vi saranno apostoli di verità, che vi diranno con amore ciò che gli studi e le tristi facilità dell'esilio hanno loro insegnato sui voti presenti e sulla tradizione dell'Umanità? Chi può impedirvi, solo che voi vogliate, di ricevere alcuno degli scritti che i vostri fratelli stampano qui nell'esilio per voi? Leggeteli e ardeteli, sì che il giorno dopo, l'inquisizione dei vostri padroni non li trovi fra le vostre mani e non ne faccia argomento di colpa alle vostre famiglie; ma pur leggeteli e ripetete, quel tanto che avrete potuto serbare a mente, ai più fidati dei vostri amici. Aiutateci colle offerte ad allargare la sfera dell'Apostolato, a compilare, a stampare per voi manuali di storia generale e di storia patria. Aiutateci, moltiplicando le comunicazioni, a diffonderli. Convincetevi che senza istruzione, voi non potete conoscere i vostri doveri: convincetevi che dove la Società vi contende ogni insegnamento, la responsabilità d'ogni colpa è non vostra, ma sua: la vostra incomincia dal giorno in cui una via qualunque allo insegnamento v'è aperta, e la negligete: dal giorno in cui vi si mostrano mezzi per mutare una società che vi condanna all'ignoranza, e voi non pensate ad usarne. Non siete colpevoli perché ignorate; siete colpevoli perché vi rassegnate a ignorare-perché mentre la vostra coscienza v'avverte che Dio non v'ha dato facoltà senza imporvi di svilupparle, voi lasciate dormire nell'anima vostra tutte le facoltà del pensiero-perché, mentre pur sapete che Dio non può avervi dato l'amore del vero senza darvi i mezzi di conseguirlo, voi, disperando, rinunziate a farne ricerca e accettate, senza esame, per verità l'affermazione del potente e del sacerdote venduto al potente.

Dio, *Padre ed educatore dell'Umanità*, rivela nello spazio e nel tempo la sua legge all'Umanità. Interrogate la tradizione dell'Umanità, il Consenso dei vostri fratelli, non nel cerchio ristretto di un secolo o d'una setta, ma in tutti i secoli e nella maggiorità degli uomini passati e presenti. *Ogni volta che a quel consenso corrisponde la voce della vostra coscienza, voi siete certi del vero,* certi d'avere una linea della legge di Dio.

Noi crediamo nell'Umanità, sola interprete della legge di Dio sulla terra; e dal consenso dell'umanità in armonia colla nostra coscienza, deduciamo quanto andrò via via dicendovi intorno ai vostri doveri.

Capitolo quarto

Doveri verso l'umanità

I vostri primi doveri, primi non per tempo ma per importanza e perché senza intendere quelli non potete compiere se non imperfettamente gli altri, sono verso l'Umanità. Avete doveri di cittadini, di figli, di sposi e di padri, doveri santi, inviolabili, dei quali vi parlerò a lungo tra poco; ma ciò che fa santi e inviolabili quei doveri, è la missione, il Dovere che la vostra natura *d'uomini* vi comanda. Siete padre per educare *uomini* al culto e allo sviluppo della Legge di Dio. Siete cittadini, avete una Patria, per potere facilmente, in una sfera limitata, con concorso di gente già stretta a voi per lingua, per tendenze, per abitudini, operare, a beneficio degli *uomini* quanti sono e saranno, ciò che mal potreste operare perduti, voi soli e deboli, nell'immenso numero dei vostri simili. Quei che v'insegnano *morale,* limitando la nozione dei vostri doveri alla famiglia o alla patria, v'insegnano, più o meno ristretto, *l'egoismo,* e vi conducono al male per gli altri e per voi medesimi. Patria e Famiglia son come due circoli segnati dentro un circolo maggiore che li contiene; come due gradini d'una scala senza i quali non potreste salire più in alto, ma sui quali non è permesso arrestarvi.

Siete uomini: cioè creature *ragionevoli, socievoli e capaci, per mezzo unicamente dell'associazione, d'un progresso,* a cui nessuno può assegnar limiti: e questo è quel tanto che oggi sappiamo dalla Legge di vita data all'Umanità. Questi caratteri costituiscono la umana natura, che vi distingue dagli altri esseri che vi circondano e che è fidata a ciascuno di voi come un seme da far fruttare. Tutta la vostra vita deve tendere all'esercizio e allo sviluppo ordinario di queste facoltà fondamentali della vostra natura. Qualunque volta voi sopprimete o lasciate sopprimere, in tutto o in parte, una di queste facoltà, voi scadete dal rango d'uomini fra gli animali inferiori o violate la legge della vostra vita, la Legge di Dio.

Scadete fra i bruti e violate la Legge di Dio, qualunque volta voi sopprimete o lasciate sopprimere una delle facoltà che costituiscono l'umana natura in voi o in altri. Ciò che Dio vuole, è non già che la sua legge s'adempia in voi individui-se Dio non avesse voluto che questo, ei vi avrebbe creato soli-ma che s'adempia su tutta quanta la terra, fra tutti gli esseri ch'egli creava a immagine sua. Ciò ch'egli vuole è che il pensiero di perfezionamento e d'amore, da lui posto nel mondo, si riveli e splenda più sempre adorato e rappresentato. La vostra esistenza terrestre, individuale, limitatissima com'è per tempo e per facoltà, non può rappresentarlo che imperfettissimo e a lampi. L'Umanità sola, continua per generazioni e per intelletto, che si nutre dell'intelletto di tutti i suoi membri, può svolgere via via quel divino pensiero e applicarlo e glorificarlo. La vita vi fu dunque data da Dio perché ne usiate a benefizio dell'Umanità, perché dirigiate le vostre facoltà individuali allo sviluppo delle facoltà dei vostri fratelli, perché aggiungiate con l'opera vostra un elemento qualunque all'opera collettiva di miglioramento e di scoperta del vero, che le generazioni, lentamente ma continuamente promuovono. Dovete educarvi ed educare, perfezionare. Dio è in voi, non v'è dubbio; ma Dio è pure in tutti gli uomini che popolano con voi questa terra: Dio è nella vita di tutte le generazioni che furono, sono e saranno, e hanno migliorato e miglioreranno progressivamente il concetto che l'Umanità si forma di Lui, della sua Legge, e dei nostri Doveri. Dovete adorarlo e glorificarlo per tutto ov'Egli è. L'Universo è il suo Tempio. Ed ogni profanazione non combattuta, non espiata, del Tempio di Dio, ricade su tutti quanti i credenti. Poco importa che voi possiate dirvi puri: quando anche poteste, isolandovi, rimanervi tali, se avete a due passi la corruzione e non cercate combatterla, tradite i vostri doveri. Poco importa che adoriate nell'anima nostra la Verità: se l'errore governa i vostri fratelli in un altro angolo di questa terra che ci è madre comune, e voi non desiderate e non tentate, per quanto le forze vostre vel concedono, rovesciarlo, tradite i vostri doveri. L'immagine di Dio è sformata nell'anime immortali dei vostri simili. Dio vuole essere adorato nella sua Legge, e la sua Legge è fraintesa, violata, negata d'intorno a voi. L'umana natura è falsata nei milioni d'uomini ai quali, siccome a voi, Dio ha fidato l'adempimento concorde del suo disegno. E voi rimanendovi inerti, osereste pure chiamarvi credenti?

Un popolo, il Greco, il Polacco, il Circasso, sorge con una bandiera di patria e d'indipendenza, combatte, vince, o muore per quella. Cos'è che fa battere il vostro cuore al racconto delle sue battaglie, che lo solleva nella gioia alle sue vittorie, che lo contrista alla sua caduta? Un uomo, vostro o straniero, si leva, nel silenzio comune, in un angolo della terra, preferisce alcune idee, ch'ei crede vere, le mantiene nella persecuzione e fra i ceppi, e muore, senza rinnegarle, sul palco. Perché lo onorate col nome di Santo e di Martire? Perché rispettate e fate rispettare dai vostri figli la sua memoria?

E perché leggete con avidità i miracoli di amor patrio registrati nelle storie Greche e li ripetete ai figli vostri con un senso d'orgoglio quasi fossero storie dei vostri padri? Quei fatti Greci son vecchi di due mila anni, e appartengono a un'epoca d'incivilimento che non è la vostra, né lo sarà mai. Quell'uomo che chiamate Martire, moriva forse per idee che non sono le vostre, e troncava a ogni modo colla morte ogni via al suo progresso individuale quaggiù. Quel popolo che ammirate nella vittoria o nella caduta, e popolo straniero a voi, forse pressoché ignoto; parla un linguaggio diverso, e il modo della sua esistenza non influisce visibilmente sul vostro: che importa a voi se chi lo domina è il Sultano o il Re di Baviera, il Russo o un governo escito dal consenso della nazione? Ma nel vostro cuore è una voce che grida: "Quegli uomini di due mila anni addietro, quelle popolazioni ch'oggi combattono lontane da voi, quel martire per le idee del quale voi non morreste, furono, sono fratelli vostri: fratelli non solo per comunioni di origine e di natura, ma per comunione di lavoro e di scopo. Quei Greci antichi passarono; ma l'opera loro non passò, e senza quella voi non avreste oggi quel grado di sviluppo intellettuale e morale che avete raggiunto. Quelle popolazioni consacrarono col loro sangue una idea di libertà nazionale per la quale voi combattete. Quel martire insegnava morendo che l'uomo deve sacrificare ogni cosa e, occorrendo, la vita a quel che egli crede essere la Verità. Poco importa ch'egli e quanti altri segnano col loro sangue la fede tronchino qui sulla terra il proprio sviluppo individuale: Dio provvede altrove per essi. Importa lo sviluppo dell'Umanità. Importa che la generazione ventura sorga, ammaestrata dalle vostre pugne e dai vostri sacrifici, più alta e più potente che voi non siete nella intelligenza della Legge, nell'adorazione della Verità. Importa che, fortificata dagli esempi, la natura umana migliori e verifichi più sempre il disegno di Dio sulla terra. E in qualunque luogo la natura migliori, in qualunque luogo si conquisti una verità, in qualunque parte si mova un passo sulla via dell'educazione, del progresso, della morale, è passo, è conquista che frutterà presto o tardi a tutta quanta l'Umanità. Siete tutti soldati d'un esercito che move per vie diverse, diviso in nuclei diversi, alla conquista d'un solo intento. Oggi, voi non guardate che ai vostri capi immediati; le diverse assise, le diverse parole d'ordine, le distanze che separano i corpi d'operazione, le montagne che celano gli uni al guardo degli altri, vi fanno spesso dimenticare questa verità e concentrano esclusivamente la vostra attenzione sul fine che v'è più prossimo. Ma v'è più alto di tutti voi, chi abbraccia l'insieme e dirige le mosse. Dio solo ha il segreto della battaglia e saprà raccogliervi tutti in un campo e sotto una sola bandiera.

Quanta distanza tra questa credenza che fermenta nelle anime nostre e sarà base alla morale dell'Epoca che sta per sorgere, e quelle che davano per base alla loro morale le generazioni che oggi chiamano antiche! E com'è stretto il legame che passa fra l'idea che noi ci formiamo del Principio Divino e quella che ci formiamo dei nostri doveri! I primi uomini sentivano Dio, ma senza intenderlo, senza più cercare d'intenderlo nella sua Legge: lo sentivano nella sua potenza, non nell'amore: concepivano confusamente una relazione qualunque fra Lui e il proprio individuo, non altro. Poco atti a staccarsi dalla sfera degli oggetti sensibili, lo sostanziavano in uno di quelli, nell'albero che avevan veduto colpito dal fulmine, nella pietra presso alla quale avevano innalzata la loro tenda, nell'animale che s'era offerto prima al loro occhio. Era il culto che nella storia della religione si distingue col nome di *feticismo*. E allora gli uomini non conobbero che la famiglia, riproduzione in certo modo del loro individuo: oltre il cerchio della famiglia, non v'erano che stranieri, o più generalmente, nemici; giovare a sé e alla famiglia, era l'unica base della *morale*. Più appresso, l'idea di Dio s'ampliò. Dagli oggetti sensibili l'uomo risali timidamente all'astrazione: generalizzò. Dio non fu più il protettore della famiglia, ma dell'associazione di più famiglie, della *città*, della *gente*. Al *feticismo* successe il *politeismo*, culto di molti Dei. Allora la *morale* ampliò anch'essa il suo cerchio d'azione. Gli uomini riconobbero l'esistenza dei doveri più estesi della famiglia e lavorarono all'incremento della *gente*, della *nazione*. Pur nondimeno, l'Umanità s'ignorava. Ogni nazione chiamava *barbari* gli stranieri, li trattava siccome tali, e ne cercava colla forza e coll'arte la conquista o l'abbassamento. Ogni nazione aveva stranieri o barbari nel suo seno, uomini, milioni di uomini, non ammessi ai riti religiosi dei cittadini, creduti di natura diversa, e schiavi fra i liberi. L'unità del genere umano non poteva essere ammessa che come conseguenza dell'unità di Dio. E l'unità di Dio, indovinata da alcuni rari pensatori dell'antichità, manifestata altamente da Mosè, ma colla restrizione funesta che un solo popolo era l'eletto di Dio, non fu riconosciuta che verso lo scioglimento dell'impero Romano, per opera del Cristianesimo; Cristo pose in fronte alla sua credenza queste due verità inseparabili: *non v'è che un solo Dio, tutti gli uomini sono figli di Dio;* e la promulgazione di queste due verità cangiò aspetto al mondo e ampliò il cerchio morale sino ai confini delle terre abitate. Ai doveri verso la *famiglia* e verso la *patria*, s'aggiunsero i doveri verso l'*Umanità*. Allora l'uomo imparò che dovunque ei trovava un suo simile, ivi era un fratello per lui, un fratello dotato d'un'anima immortale come la sua, chiamata a ricongiungersi al Creatore, e ch'ei gli dovea amore, partecipazione della fede, e aiuto di consiglio e d'opera, dov'egli ne abbisognasse. Allora, presentimento d'altre verità contenute in germe nel Cristianesimo, s'udirono sulla bocca degli Apostoli parole sublimi, inintelligibili all'antichità, male intese o tradite anche dai successori; *siccome in un corpo sono molte membra, e ciascun membro eseguisce una diversa funzione, così, benché molti, noi siamo un corpo solo, e membra gli uni degli altri*[3]. E *vi sarà un solo ovile e un solo pastore*[4]. Ed oggi, dopo diciotto secoli di studi ed esperienze e fatiche, si tratta di dare sviluppo a quei germi: si tratta d'applicare quella verità, non solamente a ciascun individuo, ma a tutto quell'insieme di facoltà e forze umane e presenti e future che si chiama l'UMANITÀ: si tratta di promulgare non solamente che l'Umanità, è un corpo solo e deve essere governato da una sola legge, ma che il primo articolo di questa Legge è: *Progresso,* progresso qui sulla terra dove dobbiamo verificare quanto più possiamo del disegno di Dio ed educarci a migliori destini. Si tratta d'insegnare agli uomini che, se l'Umanità è un corpo solo, noi tutti, siccome membra di quel corpo, dobbiamo lavorare al suo sviluppo e a farne più armonica, più attiva e più potente la vita. Si tratta di convincersi che non possiamo salire a Dio, se non per l'anime dei nostri fratelli, e che dobbiamo migliorarle e purificarle anche dov'esse nol chiedano. Si tratta, dacché l'Umanità intera può sola compiere quella parte del disegno di Dio ch'ei volle si compiesse quaggiù, di sostituire all'esercizio della *carità* verso gl'individui, un lavoro *d'associazione* tendente a migliorar l'insieme, di ordinare a siffatto scopo la *famiglia* e la *patria*. Altri doveri più vasti si riveleranno a noi, nel futuro, secondo che acquisteremo una idea meno imperfetta e più chiara della nostra Legge di vita. Così Dio Padre, per mezzo d'una lenta, ma continua educazione religiosa, guida al meglio l'Umanità, e in quel meglio il nostro individuo migliora anch'esso.

Migliora in quel meglio, né senza un miglioramento comune voi potete sperare che migliorino le condizioni morali o materiali del vostro individuo. Voi, generalmente parlando, non potete, quando anche il voleste, separare la vostra vita da quella dell'Umanità, vivente in essa, d'essa, per essa. L'anima vostra, salve le eccezioni dei pochissimi straordinariamente potenti, non può svincolarsi

---

3   Paolo, Epistola ai Romani, Cap. XII vers 4,5

4   Giovanni, Evangelio, cap. X, vers. 16.

dalla influenza degli elementi fra i quali si esercita; come il corpo, comunque costituito robustamente, non può sottrarsi all'azione d'un'aria corrotta che lo circondi. Quanti fra voi vorranno, colla sicurezza di cacciarli incontro alle persecuzioni, educare i figli ad una sincerità senza limiti, dove la tirannide e lo spionaggio impongono di tacere o mentire i due terzi delle proprie opinioni? Quanti vorranno educarli al disprezzo delle ricchezze in una società dove l'oro è l'unica potenza che ottenga onori, influenza, rispetto, anzi che protegga dall'arbitrio e dall'insulto dei padroni e dei loro agenti? Chi è di voi che per amore e colle migliori intenzioni del mondo non abbia mormorato ai suoi cari in Italia: *diffidate degli uomini; l'uomo onesto deve concentrarsi in sé stesso e fuggire la vita Pubblica; la carità comincia da casa;* e sì fatte massime evidentemente immorali, ma suggeritevi dall'aspetto generale della società? Qual'è la madre che, sebbene appartenente a una fede che adora la Croce di Cristo, martire volontario dell'umanità, non abbia cacciato le braccia intorno al collo del figlio, e tentato svolgerlo da tentativi pericolosi pel bene de' suoi fratelli? E dov'anche trovaste in voi la forza d'insegnare il contrario, la società intera non distruggerebbe essa colle mille sue voci, coi mille suoi tristissimi esempi, l'effetto della vostra parola? Potete voi stessi purificare, innalzare l'anima vostra, in un'atmosfera di contaminazione e d'avvilimento? E scendendo alle vostre condizioni materiali, pensate possano migliorare stabilmente per altra via che quella del miglioramento comune? Milioni di lire sterline sono spese annualmente qui in Inghilterra, ov'io scrivo, dalla carità dei privati a sollievo degli individui caduti in miseria; e la miseria cresce annualmente, e la carità verso gli individui è provata impotente a sanar le piaghe, e la necessità di rimedi organici collettivi è più sempre universalmente sentita. Dove il paese è minacciato continuamente in virtù delle leggi ingiuste che lo governano, d'una lotta violenta fra gli oppressori e gli oppressi, credete possono rifluire i capitali e abbondare le imprese vaste, lunghe, costose? Dove i dazi e le proibizioni stanno nel capriccio d'un governo assoluto che non ha chi lo moderi, e le cui spese di eserciti di spie. d'impiegati o di pensionati crescono coi bisogni della sua sicurezza, credete l'attività dell'industria e della manifattura possa ricevere uno sviluppo progressivo, continuo? Risponderete che basta ordiniate meglio il governo e le condizioni sociali nella patria vostra? Non basta. Nessun popolo vive in oggi esclusivamente dei propri prodotti. Voi vivete di cambi, di importazioni e d'esportazioni.

Una nazione straniera che impoverisca, nella quale diminuisca la cifra dei consumatori, è un mercato di meno per voi. Un commercio straniero che, in conseguenza dei cattivi ordinamenti, soggiaccia a crisi o a rovina, produce crisi o rovina nel vostro. I fallimenti d'Inghilterra o d'America trascinano fallimenti Italiani. Il credito è in oggi istituzione non nazionale, ma Europea. E inoltre, ogni tentativo di miglioramento nazionale che voi farete avrà nemici, in virtù delle Leghe contratte dai principi, primi ad accorgersi che la quistione è in oggi generale, di tutti i governi. Né v'è speranza per voi se non nel miglioramento universale, nella fratellanza fra tutti i popoli dell'Europa e, per l'Europa, dell'umanità.

Voi dunque, o fratelli, per dovere e per utile vostro, non dimenticherete mai che i primi vostri doveri, doveri, senza compiere i quali voi non potete sperare di compiere quei che la patria e la famiglia comandano, sono verso l'Umanità. La parola e l'opera vostra siano per tutti, sì come per tutti è Dio, nel suo amore e nella sua Legge. In qualunque terra voi siate, dovunque un uomo combatte pel diritto, pel giusto, pel vero, ivi è un vostro fratello: dovunque un uomo soffre, tormentato dall'errore, dall'ingiustizia, dalla tirannide, ivi è un vostro fratello, Liberi e schiavi SIETE TUTTI FRATELLI. Una è la vostra origine, una la legge, uno il fine per tutti voi. Una sia la credenza, una l'azione, una la bandiera sotto cui militate. Non dite: *il linguaggio che noi parliamo è diverso:* le lagrime, l'azione, il martirio formano linguaggio comune per gli uomini quanti sono, e che voi tutti intendete. Non dite: *l'Umanità è troppo vasta, e noi troppo deboli.* Dio non misura le forze, ma le intenzioni. Amate l'Umanità. Ad ogni opera vostra nel cerchio della Patria o della famiglia, chiedete a voi stessi: *se questo ch'io fo fosse fatto da tutti e per tutti, gioverebbe o nuocerebbe all'Umanità?* e se la coscienza vi risponde: *nuocerebbe,* desistete, desistete quand'anche vi sembri che dall'azione vostra escirebbe un vantaggio immediato per la Patria e per la Famiglia. Siate apostoli di questa fede, apostoli della fratellanza delle Nazioni e della unità, oggi ammessa in principio, ma nel fatto negata, del genere umano. Siatelo dove potete e come potete. Né Dio né gli uomini possono esigere più da voi. Ma io vi dico che facendovi tali-facendovi tali, dov'altro non possiate, in voi stessi-voi gioverete all'umanità. Dio misura i gradi di educazione ch'ei fa salire al genere umano sul numero e sulla purità dei credenti. Quando sarete puri e numerosi, Dio che vi conta, v'aprirà il varco all'azione.

Capitolo quinto

Doveri verso la Patria

I primi vostri Doveri, primi almeno per importanza, sono, com'io vi dissi, verso l'Umanità. Siete *uomini* prima d'essere *cittadini* o *padri*. Se non abbracciaste del vostro amore tutta quanta l'umana famiglia-se non confessaste la fede nella sua umanità, conseguenza dell'unità di Dio, e nell'affratellamento dei Popoli che devono ridurla a fatto-se ovunque geme un vostro simile, ovunque la dignità della natura umana è violata dalla menzogna o dalla tirannide, voi non foste pronti, potendo, a soccorrere quel meschino o non vi sentiste chiamati, potendo, a combattere per risollevare gli ingannati o gli oppressi-voi tradireste la vostra legge di vita e non intendereste la religione che benedirà l'avvenire.

Ma che cosa può *ciascuno* di voi, colle sue forze isolate, *fare* pel miglioramento morale, pel progresso dell'Umanità? Vi potete *esprimere*, di tempo in tempo, sterilmente la vostra credenza; potete compiere, qualche rara volta, verso un fratello non appartenente alle vostre terre, un'opera di *carità;* ma non altro. Ora la *carità* non è la parola della fede avvenire. La parola della fede avvenire è *l'associazione,* la cooperazione fraterna verso un intento comune, tanto superiore alla *carità,* quanto l'opera di molti fra voi che s'uniscono a inalzare concordi un edifizio per abitarvi insieme è superiore a quella che compireste innalzando ciascuno una casupola separata e limitandovi a ricambiarvi gli uni cogli altri aiuto di pietre, di mattoni, di calce. Ma quest'opera comune voi, divisi di lingua, di tendenze, d'abitudini, di facoltà, non potete tentarla. L'*individuo* è troppo debole e l'Umanità troppo vasta. *Mio Dio,*-prega, salpando il marinaio della Bretagna-*proteggetemi: il mio battello è sì piccolo e il nostro Oceano così grande!* E quella preghiera riassume la condizione di ciascun di voi, se non si trova un mezzo di moltiplicare indefinitivamente le vostre forze, la vostra potenza d'azione: Questo mezzo Dio lo trovava per voi, quando vi dava una Patria, quando, come un saggio direttore di lavori distribuisce le parti diverse a seconda delle capacità, ripartiva in gruppi, in nuclei distinti l'Umanità sulla faccia del nostro globo e cacciava il germe delle nazioni. I tristi governi hanno guastato il disegno di Dio che voi potete vedere segnato chiaramente, per quello almeno che riguarda la nostra Europa, dai corsi dei grandi fiumi, dalle curve degli alti monti e dalle altre condizioni geografiche: l'hanno guastato colla conquista, coll'avidità, colla gelosia dell'altrui giusta potenza; guastato di tanto che oggi, dall'Inghilterra e dalla Francia in fuori, non v'è forse Nazione i cui confini corrispondano a quel disegno. Essi non conoscevano e non conoscono Patria, fuorché la loro famiglia, la dinastia, l'egoismo di casta. Ma il disegno divino si compirà senza fallo. Le divisioni naturali, le innate spontanee tendenze dei popoli, si sostituiranno alle divisioni arbitrarie sancite dai tristi governi. La Carta d'Europa sarà rifatta. La Patria del Popolo risorgerà delimita dal voto dei liberi, sulle rovine della Patria dei re, delle caste privilegiate. Tra quelle patrie sarà armonia, affratellamento. E allora, il lavoro dell'umanità verso il miglioramento comune, verso la scoperta e l'applicazione della propria legge di vita, ripartito a seconda delle capacità locali e associato, potrà compirsi per via di sviluppo progressivo, pacifico: allora, ciascuno di voi, forte degli effetti e dei mezzi di molti milioni d'uomini parlanti la stessa lingua, dotati di tendenze uniformi, educati dalla stessa tradizione storica, potrà sperare di giovare coll'opera propria a tutta quanta l'Umanità.

A voi, uomini nati in Italia, Dio assegnava, quasi prediligendovi, la Patria meglio definita dell'Europa. In altre terre, segnate con limiti più incerti o interrotti, possono insorgere questioni che il voto pacifico di tutti scioglierà un giorno, ma che hanno costato e costeranno forse ancora lagrime e sangue: sulla vostra, no. Dio v'ha steso intorno linee di confini sublimi, innegabili: da un lato, i più alti monti d'Europa: l'Alpi; dall'altro: il Mare, l'immenso Mare. Aprite un compasso: collocate una punta al nord dell'Italia, su Parma; appuntate l'altra agli sbocchi del Varo e segnate con essa, nella direzione delle Alpi, un semicerchio: quella punta che andrà, compito il semicerchio, a cadere sugli sbocchi dell'Isonzo, avrà segnato la frontiera che Dio vi dava. Sino a quella frontiera si parla, s'intende la vostra lingua: oltre quella, non avete diritti. Vostre sono innegabilmente la Sicilia, la Sardegna, la Corsica, e le isole minori collocate fra quelle e la terra ferma d'Italia. La forza brutale può ancora per poco contendervi quei confini, ma il consenso segreto dei popoli li riconosce d'antico, e il giorno in cui, levati unanimi all'ultima prova, pianterete la vostra bandiera tricolore su quella frontiera, l'Europa intera acclamerà, sorta e accettata nel consorzio delle Nazioni, l'Italia. A quest'ultima prova dovete tendere con tutti gli sforzi.

Senza Patria, voi non avete nome, né segno, né voto, né diritti, né battesimo di fratelli tra i popoli. Siete i bastardi dell'umanità. Soldati senza bandiera, israeliti delle Nazioni, voi non otterrete fede né protezione: non avrete mallevadori. Non v'illudete a compiere, se prima non vi conquistate una Patria, la vostra emancipazione da una ingiusta condizione sociale: dove non è Patria, non è Patto comune al quale possiate richiamarvi: regna solo l'egoismo degli *interessi,* e chi ha predominio lo serba, dacché non v'è tutela comune a propria tutela. Non vi seduca l'idea di migliorare, senza sciogliere prima la questione Nazionale, le vostre condizioni materiali: non potrete riuscirvi. Le vostre associazioni industriali, le consorterie di mutuo soccorso son buone com'opera educatrice, come fatto economico: rimarranno sterili finché non abbiate un'Italia. Il problema economico esige principalmente aumento di capitale e di produzione; e finché il vostro paese è smembrato in frazioni-finché, separati da linee doganali e difficoltà artificiali d'ogni sorta, non avete se non mercati ristretti dinanzi a voi-non potete sperar quell'aumento. Oggi-non v'illudete-voi non siete la classe operaia d'Italia: siete frazione di quella classe: impotenti, ineguali al grande intento che vi proponete. La vostra emancipazione non potrà iniziarsi praticamente, se non quando un Governo Nazionale, intendendo i segni dei tempi, avrà inserito, da Roma, nella dichiarazione di Principii, che sarà norma allo sviluppo della vita Italiana, le parole: *Il lavoro è sacro ed è la sorgente della ricchezza d'Italia.*

Non vi sviate dunque dietro a speranze di progresso materiale che, nelle vostre condizioni dell'oggi sono illusioni. La Patria sola, la vasta e ricca patria Italiana, che si stende dalle Alpi all'ultima terra di Sicilia, può compiere quelle speranze. Voi non potete ottenere ciò che è vostro diritto se non obbedendo a ciò che vi comanda il Dovere. Meritate ed avrete. Oh miei fratelli! amate la Patria. La Patria è la nostra casa: la casa che Dio ci ha data, ponendovi dentro una numerosa famiglia, che ci ama e che noi amiamo, colla quale possiamo intenderci meglio e più rapidamente che non con altri, e che per la concentrazione sopra un dato terreno e per la natura omogenea degli elementi che essa possiede, è chiamata a un genere speciale d'azione. La Patria è la nostra lavoreria; i prodotti della nostra attività devono stendersi da quella a beneficio di tutta la terra; ma gli istrumenti del lavoro che noi possiamo meglio e più efficacemente trattare, stanno in quella e noi non possiamo rinunziarvi senza tradire l'intenzione di Dio e senza diminuire le nostre forze. Lavorando, secondo i veri principii per la Patria, noi lavoriamo per l'Umanità: la patria è il punto d'appoggio della leva che noi dobbiamo dirigere a vantaggio comune. Perdendo quel punto d'appoggio, noi corriamo rischio di riuscire inutili alla Patria e all'Umanità. Prima d'*associarsi* colle Nazioni che compongono l'Umanità, bisogna esistere come Nazione. Non v'è associazione che tra gli eguali; e voi non avete esistenza collettiva riconosciuta.

L'Umanità è un grande esercito, che move alla conquista di terre incognite, contro nemici potenti e avveduti. I popoli sono diversi corpi, le divisioni di quell'esercito. Ciascuno ha un posto che gli si è confidato: ciascuno ha un'operazione particolare da eseguire; e la vittoria comune dipende dall'esattezza colla quale le diverse operazioni saranno compite. Non turbate l'ordine della battaglia. Non abbandonate la bandiera che Dio vi diede. Dovunque vi trovate, in seno a qualunque popolo le circostanze vi caccino, combattete per la libertà di quel popolo, se il momento lo esige; ma combattete come Italiani, così che il sangue che verserete frutti onore ed amore, non a voi solamente, ma alla vostra Patria. E Italiano sia il pensiero continuo dell'anime vostre: Italiani siano gli atti della vostra vita: Italiani i segni sotto i quali v'ordinate a lavorare per l'Umanità. Non dite: *io*, dite: *noi.* La Patria s'incarni in ciascuno di voi. Ciascuno di voi, si senta, si faccia mallevadore dei suoi fratelli: ciascuno di voi impari a far si che in lui sia rispettata ed amata la Patria.

La Patria, è *una,* indivisibile. Come i membri d'una famiglia non hanno gioia della mensa comune se un d'essi è lontano, rapito all'affetto fraterno, così voi non abbiate gioia e riposo finché una frazione del territorio sul quale si parla la vostra lingua è divelta dalla Nazione.

La Patria è il segno della missione che Dio v'ha dato da compiere nell'umanità. Le facoltà, le forze di tutti i suoi figli devono associarsi pel compimento di quella missione. Una certa somma di doveri e di diritti comuni spetta ad ogni uomo che risponde al *chi sei?* degli altri popoli: *sono Italiano.* Quei doveri e quei diritti non possono essere rappresentati che da un *solo* Potere uscito dal vostro voto. La patria deve aver dunque un solo Governo. I politici che si chiamano federalisti, e che vorrebbero far dell'Italia una fratellanza di Stati diversi, smembrano la Patria e non ne intendono l'Unità. Gli stati nei quali si divide in oggi l'Italia non sono creazione del nostro popolo: uscirono da calcoli d'ambizione di principi o di conquistatori stranieri, e non giovano che ad accarezzare la vanità delle aristocrazie locali, alle quali è necessaria una sfera più ristretta della grande Patria. Ciò che voi, popolo, creaste, abbelliste, consacraste coi vostri affetti, colle vostre gioie, coi vostri dolori, col vostro sangue, è la Città, il Comune, non la Provincia o lo Stato. Nella Città, nel comune dove dormono i vostri padri e vivranno i nati da voi, s'esercitano le vostre facoltà, i vostri diritti personali, si svolge la vostra vita *d'individuo.* È della vostra Città che ciascuno di voi può dire ciò che cantano i Veneziani della loro: *Venezia la xe nostra:-l'avemo fatta nu.* In essa avete bisogno di *libertà,* di Comune e Unità di patria, sia dunque la vostra fede. Non dite *Roma e Toscana, Roma e Lombardia, Roma e Sicilia,* dite *Roma e Firenze, Roma e Siena, Roma e Livorno,* e così per tutti i comuni d'Italia: Roma per tutto ciò che rappresenta la vita italiana, la vita della Nazione; il vostro comune per quanto rappresenta la vita *individuale.* Tutte le altre divisioni sono artificiali, e non s'appoggiano sulla vostra tradizione Nazionale.

La Patria è una comunione di liberi e d'uguali affratellati in concordia di lavori verso un unico fine. Voi dovete farla e mantenerla tale. La Patria non è un *aggregato,* è una *associazione.* Non v'è dunque veramente Patria senza un Diritto uniforme. Non v'è Patria dove l'uniformità di quel Diritto è violata dall'esistenza di caste, di privilegi, d'ineguaglianze-dove l'attività d'una porzione delle forze e facoltà individuale è cancellata o assopita-dove non è principio comune accettato, riconosciuto, sviluppato da tutti; vi è non Nazione, non popolo, ma moltitudine, agglomerazione fortuita d'uomini che le circostanze riunirono, che circostanze diverse separeranno. In nome del vostro amore alla Patria, voi combatterete senza tregua l'esistenza d'ogni privilegio, d'ogni ineguaglianza sul suolo che v'ha dato vita. Un solo privilegio è legittimo: il privilegio del genio, quando il Genio si mostri affratellato colla Virtù; ma è privilegio concesso da Dio e non dagli uomini-e quando voi lo riconoscerete seguendone le ispirazioni, lo riconoscerete liberamente esercitando la vostra ragione, la vostra scelta. Qualunque privilegio pretende sommessione da voi in virtù della forza, dell'eredità, d'un diritto che non sia diritto comune, è usurpazione, è tirannide; e voi dovete combatterla e spegnerla. La Patria deve essere il vostro Tempio. Dio al vertice, un Popolo d'eguali alla base; non abbiate altra formola, altra legge morale, se non volete disonorare la Patria e voi. Le leggi secondarie che devono via via regolare la vostra vita siano l'applicazione progressiva di quella Legge suprema.

E perché lo siano, è necessario che tutti contribuiscano a farle. Le leggi fatte da una sola frazione di cittadini non possono, per natura di cose e d'uomini, riflettere che il pensiero, le aspirazioni, i desideri, di quella frazione: rappresentano, non la Patria, ma un terzo, un quarto, una classe, una zona della patria. La legge deve esprimere l'aspirazione generale, promuovere l'utile di tutti, rispondere a un battito del core della Nazione. La Nazione intera dev'essere, dunque, direttamente o indirettamente, legislatrice. Cedendo a pochi uomini quella missione, voi sostituite l'egoismo d'una classe alla Patria, che è l'unione di *tutte* classi.

La Patria non è un territorio; il territorio non ne è la base. La Patria è l'idea che sorge su quello; è il pensiero d'amore, il senso di comunione che stringe in uno tutti i figli di quel territorio. Finché un solo tra i vostri fratelli non è rappresentato dal proprio voto nello sviluppo della vita nazionale-finché un solo vegeta ineducato fra gli educati-finché uno solo, capace e voglioso di lavoro, langue per mancanza di lavoro nella miseria-voi non avrete la Patria come dovreste averla, la Patria di tutti, la patria per tutti. Il *voto*, l'*educazione,* il *lavoro,* sono le tre colonne fondamentali della Nazione; non abbiate posa finché non siano per opera vostra solidamente innalzate.

E quando lo saranno-quando avrete assicurato a voi tutti il pane del corpo e quello dell'anima-quando liberi, uniti, intrecciate le destre come fratelli intorno a una madre amata, moverete in bella e santa armonia allo sviluppo delle vostre facoltà e della missione Italiana-ricordatevi che quella missione è l'unità morale d'Europa: ricordatevi gl'immensi doveri ch'essa v'impone. L'Italia è la sola terra che abbia due volte gettato la grande parola unificatrice alle nazioni disgiunte. La vita d'Italia fu vita di tutti. Due volte Roma fu la Metropoli, il Tempio del mondo Europeo: la prima, quando le nostre aquile percorsero conquistatrici da un punto all'altro le terre cognite e le prepararono all'Unità colle istituzioni civili; la seconda, quando, domati dalla potenza della natura, dalle grandi memorie e dall'ispirazione religiosa, i conquistatori settentrionali, il genio d'Italia s'incarnò nel Papato e adempì da Roma la solenne missione, cessata da quattro secoli, di diffondere la parola Unità nell'anima ai popoli del mondo Cristiano. Albeggia oggi per la nostra Italia una terza missione: di tanto più vasta quanto più grande e potente dei Cesari e dei Papi sarà il POPOLO ITALIANO, la Patria Una e Libera che voi dovete fondare. Il presentimento di questa missione agita l'Europa e tiene incatenati all'Italia l'occhio ed il pensiero delle Nazioni.

I vostri doveri verso la Patria stanno in ragione dell'altezza di questa missione. Voi dovete mantenerla pura d'egoismo, incontaminata di menzogna e delle arti di quel gesuitismo politico, che chiamano *diplomazia.*

La politica della patria sarà fondata per opera vostra sull'adorazione a' *principii* non sull'idolatria dell'Interesse o dell'opportunità. L'Europa ha paesi pei quali la Libertà è sacra al di dentro, violata sistematicamente al di fuori: popoli che dicono: *altro è il Vero, altro l'Utile,* altra cosa è la *teorica,* altra è la *pratica.* Quei paesi espieranno lungamente, inevitabilmente la loro colpa nell'isolamento, nell'oppressione e nell'anarchia. Ma voi sapete la missione della nostra Patria e seguirete altra via. Per voi l'Italia avrà, sì come un solo Dio nei cieli, una sola verità, una sola fede, una sola norma di vita politica sulla terra. Sull'edifizio che il popolo d'Italia innalzerà più sublime del Campidoglio e del Vaticano, voi pianterete la bandiera della Libertà e dell'Associazione, sì che rifulga sugli occhi a tutte le Nazioni, né la velerete mai per terrore di despoti o libidine d'interessi d'un giorno. Avrete audacia sì come fede. Confesserete altamente il pensiero che fermenta in core alla Italia davanti al mondo e a quei che si dicono padroni del mondo. Non rinnegherete mai le Nazioni sorelle. La vita della Patria si svolgerà per voi bella e forte, libera di paure servili e di scettiche esitazioni, serbando per *base* il popolo, per *norma* le conseguenze dei suoi principii logicamente dedotte e energicamente applicate, per *forza* la forza di tutti, per *risultato* il miglioramento di tutti, per fine il compimento della missione che Dio le dava. E perché voi sarete pronti a morire per l'Umanità, la vita della Patria sarà immortale.

Capitolo sesto

Doveri verso la famiglia

La famiglia è la Patria del core. V'è un Angiolo nella Famiglia che rende, con una misteriosa influenza di grazie, di dolcezza e d'amore, il compimento dei doveri meno arido, i dolori meno amari. Le sole gioie pure e non miste di tristezza che sia dato all'uomo di goder sulla terra, sono, merce quell'Angiolo, le gioie della Famiglia. Chi non ha potuto, per fatalità di circostanze, vivere, sotto l'ali dell'Angiolo, la vita serena della famiglia, ha un'ombra di mestizia stesa sull'anima, un vuoto che nulla riempie nel core! ed io che scrivo per voi queste pagine, lo so. Benedite Iddio che creava quell'Angiolo, o voi che avete le gioie e le consolazioni della Famiglia. Non la tenete in poco conto, perché vi sembri di poter trovare altrove gioie più ferventi o consolazioni più rapide ai vostri dolori. La famiglia ha in sé un elemento di bene raro a trovarsi altrove, la durata. Gli affetti, in essa, vi si stendono intorno lenti, inavvertiti, ma tenaci e durevoli siccome l'ellera intorno alla pianta: vi seguono d'ora in ora: s'immedesimano taciti colla vostra vita. Voi spesso non li discernete, poiché fanno parte di voi; ma quando li perdete, sentite come un non so che d'intimo, di necessario a vivere vi mancasse. Voi errate irrequieti e a disagio! potete ancora procacciarvi brevi gioie o conforti; non il conforto supremo, la calma, la calma dell'onda del lago, la calma del sonno della fiducia, del sonno che il bambino dorme sul seno materno.

L'Angiolo della Famiglia è la Donna. Madre, sposa, sorella, la donna è la carezza della vita, la soavità dell'affetto diffusa sulle sue fatiche, un riflesso sullo individuo della Provvidenza amorevole che veglia sull'umanità: sono in essa tesori di dolcezza consolatrice che bastano ad ammorzare qualunque dolore. Ed essa è inoltre per ciascun di noi l'iniziatrice dell'avvenire. Il primo bacio materno insegna al bambino l'amore. Il primo santo bacio d'amica insegna all'uomo la speranza, la fede nella vita; e l'amore e la fede creano il desiderio del meglio, la potenza di raggiungerlo a grado a grado, l'avvenire insomma, il cui simbolo vivente è il bambino, legame tra noi e le generazioni future. Per essa, la Famiglia, col suo mistero divino di riproduzione, accenna all'eternità.

Abbiate dunque, o miei fratelli, sì come santa la Famiglia. Abbiatela come condizione inseparabile della vita, e respingete ogni assalto che potesse venirle mosso da uomini imbevuti di false e brutali filosofie o da incauti che irritati in vederla sovente nido d'egoismo e di spirito di casta, credono, come il barbaro, che il rimedio al male sia nel sopprimerla.

La Famiglia è concetto di Dio, non vostro. Potenza umana non può sopprimerla. Come la Patria, più assai che la Patria, la Famiglia è un elemento della vita.

Ho detto più assai che la Patria. La Patria sacra in oggi, sparirà forse un giorno quando ogni uomo rifletterà nella propria coscienza la legge morale dell'umanità; la Famiglia durerà quanto l'uomo. Essa è la culla dell'umanità. Come ogni elemento della vita umana, essa deve essere aperta al Progresso, migliorare d'epoca in epoca le sue tendenze, le sue aspirazioni; ma nessuno potrà cancellarla.

Far la famiglia più sempre santa e inanellata più sempre alla Patria, è questa la vostra missione. Ciò che la Patria è per l'umanità, la Famiglia deve esserlo per la Patria. Come io v'ho detto che la parte della Patria è quella d'educare gli *uomini*, così la parte della Famiglia è quella di educare i *cittadini*: Famiglia e Patria sono i due punti estremi d'una sola linea. E dove non è così, la Famiglia diventa Egoismo, tanto più schifoso e brutale quanto più prostituisce, sviandola dal vero scopo, la cosa più santa: gli affetti.

Oggi, l'egoismo regna spesso pur troppo e forzatamente nella Famiglia. Le tristi istituzioni sociali lo generano. In una società fondata su spie, birri, prigioni e patiboli, la povera madre, tremante ad ogni nobile aspirazione del figlio, è sospinta ad insegnargli la diffidenza, a dirgli: *bada! l'uomo che ti parla di Patria di Libertà d'Avvenire, e che tu vorresti stringerti al petto non è forse che un traditore!* In una società nella quale il merito è pericoloso, e la ricchezza è la sola base della potenza, della sicurezza, della difesa contro la persecuzione e il sopruso, il padre è trascinato dall'affetto a dire al giovane anelante la Verità: *bada! la ricchezza è la tua tutela: la Verità sola non può esserti scudo contro l'altrui forza, contro l'altrui corruttela.* Ma io vi parlo d'un tempo in cui, col vostro sudore e col vostro sangue, avrete fondato ai figli una Patria di liberi, costituita sul merito, sul bene che ciascuno di voi avrà fatto ai suoi fratelli. Fino a quel tempo, voi pur troppo non avete innanzi che una sola via di miglioramento, un solo supremo dovere da compiere: ordinarvi, prepararvi, scegliere l'ora opportuna e combattere a conquistarvi coll'insurrezione la vostra Italia. Allora soltanto potrete soddisfare senza gravi e continui ostacoli agli altri vostri doveri. E allora, mentr'io sarò probabilmente sotterra, rileggete queste mie pagine: i pochi consigli fraterni ch'esse contengono vengono da un core che v'ama e sono scritti colla coscienza del vero.

Amate, rispettate la donna. Non cercate in essa solamente un conforto, ma una forza, una ispirazione, un raddoppiamento delle vostre facoltà intellettuali e morali. Cancellate dalla vostra mente ogni idea di superiorità: non ne avete alcuna. Un lungo pregiudizio ha creato, con una educazione disuguale e una perenne oppressione di leggi, quell'apparente inferiorità intellettuale, dalla quale oggi argomentano per mantenere l'oppressione. Ma la storia delle oppressioni non v'insegna che chi opprime si appoggia sempre sopra un fatto creato da lui? Le caste feudali contesero a voi, figli del popolo, fin quasi ai nostri giorni, l'*educazione;* poi, dalla mancanza d'educazione, argomentarono e argomentano anche oggi per escludervi dal santuario della *città,* dal recinto dove si fanno le leggi, dal diritto di voto che inizia la vostra missione sociale. I padroni dei Neri in America dichiarano radicalmente inferiore e incapace d'educazione la razza e perseguitano intanto qualunque s'adoperi a educarla. Da mezzo secolo i fautori delle famiglie affermano noi italiani mal atti alla libertà, e intanto con le leggi e con la forza brutale d'eserciti assoldati mantengono chiusa ogni via, perché possa da noi vincersi, se pure esistesse l'ostacolo, come se la tirannide potesse mai essere educazione alla libertà. Or noi tutti fummo e siamo tuttavia rei d'una colpa simile verso la donna. Allontanate da voi fin l'ombra di quella colpa; però che non è colpa più grave davanti a Dio, di quella che divide in due classi l'umana famiglia e impone o accetta che l'una soggiaccia all'altra. Davanti a Dio Uno e Padre non v'è *uomo* né *donna* ma l'essere *umano,* l'essere nel quale, sotto l'aspetto d'uomo o di donna, s'incontrano tutti i caratteri che distinguono l'*Umanità* dall'ordine degli animali: tendenza sociale, capacità d'educazione, facoltà di progresso. Dovunque si rivelano questi caratteri, ivi esiste l'umana natura, uguaglianza quindi di diritti e doveri. Come due rami che muovono distinti da uno stesso tronco, l'uomo e la donna muovono varii da una base comune, che è l'umanità. Non esiste disuguaglianza fra l'uno e l'altra; ma come spesso accade fra due uomini, diversità di tendenze, di vocazioni speciali. Son due note d'*un* accordo musicale, disuguali o di natura diversa! La donna e l'uomo sono due note senza le quali l'accordo *umano* non è possibile; hanno doveri e diritti generali diversi due popoli chiamati dalle loro tendenze speciali o dalle condizioni in cui vivono, l'uno a diffondere il pensiero dell'associazione umana per via di colonie, l'altro a predicarlo colla produzione di capolavori d'arte o di letteratura universalmente ammirati! Ambi quei Popoli sono apostoli, consapevoli o no, dello stesso concetto divino, eguali e fratelli in esso. L'uomo e la donna hanno, come quei due Popoli, funzioni distinte nell'Umanità; ma quelle funzioni sono sacre egualmente, necessarie allo sviluppo comune; ambe rappresentanze del Pensiero che Dio poneva, come anima, nell'universo. Abbiate dunque la Donna siccome compagna e partecipe, non solamente delle vostre gioie e dei vostri dolori, ma delle vostre aspirazioni, dei vostri pensieri, dei vostri studi e dei vostri tentativi di miglioramento sociale. Abbiatela eguale nella vostra vita civile e politica. Siate le due ali dell'anima *umana* verso l'ideale che dobbiamo raggiungere. La Bibbia Mosaica ha detto: *Dio creò l'uomo e dall'uomo la donna,* ma la vostra Bibbia, la Bibbia dell'avvenire dirà: *Dio creò l'Umanità, manifestata nella donna e nell'uomo.*

Amate i figli che la Provvidenza vi manda; ma amateli di vero, profondo, severo amore; non dell'amore snervato, irragionevole, cieco, ch'è egoismo per voi, rovina per essi. In nome di ciò che v'è di più sacro, non dimenticate mai che voi avete in cura le generazioni future, che avete verso quell'anime che vi sono affidate, verso l'umanità, verso Dio, la più tremenda responsabilità che l'essere umano possa conoscere: voi dovete iniziarle, non alle gioie o alle cupidigie della vita, ma alla vita stessa, ai suoi doveri, alla Legge morale che la governa. Poche madri, pochi padri, in questo secolo irreligioso, intendono, segnatamente nelle classi agiate, la gravità, la santità della missione educatrice: poche madri, pochi padri pensano che le molte vittime, le lotte incessanti e il lungo martirio dei nostri tempi son frutto in gran parte dell'egoismo innestato trenta anni addietro nell'animo da madri deboli o da padri incauti, i quali lasciarono che i loro figli s'avvezzassero a considerare la vita non come dovere e missione, ma come ricerca di piacere e studio del proprio benessere. Per voi, uomini del lavoro, i pericoli sono minori; i più fra i nati da voi imparano pur troppo la vita dalle privazioni. E minori sono d'altra parte in voi, costretti dalla povera condizione sociale a continue fatiche, le possibilità d'educare come importerebbe. Pur nondimeno potete anche voi compiere in parte l'ardua missione. Lo potete coll'esempio e colla parola.

Lo potete com'esempio.

"I vostri figli sono simili a voi, corrotti o virtuosi, secondo che sarete voi stessi virtuosi o corrotti.

Come mai sarebbero essi onesti, pietosi, umani, se voi mancate di probità, se siete senza viscere pei vostri fratelli? come reprimerebbero i loro grossolani appetiti, se vi vedono abbandonati all'intemperanza? come serberebbero intatta l'innocenza nativa, se voi non temete d'oltraggiare davanti ad essi il pudore con atti indecenti o con oscene parole?

Voi siete il vivente modello sul quale si formerà la pieghevole loro natura. Dipende da voi che i vostri figli riescano uomini o bruti[5]."

E potete educare colla parola. Parlate loro di Patria, di ciò ch'essa fu, di ciò che deve essere. Quando, la sera, dimenticate, fra il sorriso della madre e l'ingenuo favellio dei fanciulli seduti sulle vostre ginocchia, le fatiche della giornata, ridite ad essi i grandi fatti dei popolani delle antiche nostre repubbliche; insegnate loro i nomi dei buoni che amarono l'Italia e il suo popolo e per una via di sciagura, di calunnie e di persecuzioni, tentarono migliorarne i destini. Instillate nei loro giovani cuori, non l'odio contro gli oppressori, ma l'energia di proposito contro l'oppressione. Imparino dal vostro labbro e dal tranquillo assenso materno, come sia bello il seguire le vie della Virtù, come sia grande il piantarsi Apostoli della verità, come sia santo il sacrificarsi, occorrendo, pei propri fratelli. Infondete nelle tenere menti, insieme ai germi della ribellione contro ogni *autorità* usurpata e sostenuta dalla forza, la riverenza alla vera, all'unica Autorità, l'autorità della Virtù coronata dal Genio. Fate che crescano, avversi egualmente alla tirannide ed all'anarchia, nella religione della coscienza inspirata, non incatenata dalla tradizione. La Nazione deve aiutarvi in quest'opera. E voi avete, in nome dei vostri figli, diritto di esigerlo. Senza educazione Nazionale non esiste veramente Nazione.

Amate i parenti. La Famiglia che procede da voi non vi faccia mai dimenticare la famiglia dalla quale procedete. Pur troppo sovente i nuovi vincoli allentano gli antichi, mentre non dovrebbero

---

5 LAMENNAIS, Libro del Popolo, XII.

essere se non un nuovo anello nella catena d'amore che deve annodare in uno tre generazioni della Famiglia. Circondate d'affetti teneri e rispettosi sino all'ultimo giorno le teste canute della madre, del padre. Infiorate ad essi la via della tomba. Diffondete colla continuità dell'amore sulle loro anime stanche un profumo di fede e d'immortalità. E l'affetto che serbate inviolato ai parenti vi sia pegno di quello che vi serberanno i nati da voi.

Parenti, sorelle e fratelli, sposa, figli, siano per voi come rami collocati in ordine diverso sulla stessa pianta. Santificate la Famiglia nell'unità dell'amore. Fatene come un Tempio dal quale possiate congiunti sacrificare alla Patria. Io non so se sarete felici; ma che così facendo, anche di mezzo alle possibili avversità, sorgerà per voi un senso di pace serena, un riposo di tranquilla coscienza, che vi darà forza contro ogni prova, e vi terrà schiuso un raggio azzurro di cielo in ogni tempesta.

Capitolo settimo

Doveri verso se stesso

PRELIMINARI

Io v'ho detto: *voi avete vita; dunque avete una legge di vita... Svilupparsi, agire, vivere secondo la legge di vita, è il primo, anzi l'unico vostro Dovere*. Vi ho detto che per conoscere quale sia la legge della vostra vita, Dio v'ha dato due mezzi: la *vostra* coscienza e la coscienza dell'Umanità, il consenso dei vostri fratelli. V'ho detto che ogni qualvolta, interrogando la vostra coscienza, troverete la sua voce in armonia colla grande voce del genere umano trasmessavi dalla storia, voi siete certi d'avere la verità eterna, immutabile in pugno.

Voi potete oggi difficilmente interrogare a dovere la grande voce che l'umanità vi tramanda attraverso la Storia: vi mancano finora libri buoni davvero e popolarmente scritti, e vi manca il tempo; ma gli uomini che per ingegno e coscienza meglio rappresentano, da oltre un mezzo secolo, gli studi storici e la scienza dell'Umanità, hanno raccolto da quella voce alcuni caratteri della nostra Legge di Vita; hanno raccolto che la natura umana è essenzialmente *adunabile,* essenzialmente *sociale:* hanno raccolto che, come non vi è né può esservi che un solo Dio, non v'è né può esservi che una sola Legge per l'uomo *individuo* e per l'umanità *collettiva,* hanno raccolto che il carattere fondamentale, universale di questa Legge, è PROGRESSO. Da queste verità oggimai innegabili, perché confermate da tutti i rami dell'umano sapere, scendono tutti i vostri doveri verso voi stessi, e scendono pure tutti i vostri *diritti,* i quali sommano in uno: il *diritto di non essere menomamente inceppati e d'essere, dentro certi limiti, aiutati nel compimento dei vostri doveri.* Voi siete e vi sentite *liberi.* Tutti i sofismi d'una misera filosofia, che vorrebbe sostituire una dottrina di non so quale fatalismo al grido della coscienza umana, non valgono a cancellare due testimonianze invincibili a favore della *libertà:* il rimorso e il martirio. Da Socrate a Gesù, da Gesù fino agli uomini che muoiono ogni tanto per la Patria, i Martiri di una Fede protestano contro quella servile dottrina, gridandovi: "noi amavamo la vita; amavamo esseri che ce la facevano cara e che ci supplicavano di cedere: tutti gl'impulsi del nostro cuore dicevano vivi! a ciascuno di noi, ma per la salute delle generazioni avvenire, *scegliemmo* morire". Da Caino alla spia volgare dei nostri giorni, i traditori dei loro fratelli, gli uomini che si son messi sulla via del male, sentono nel fondo dell'anima una condanna, una irrequietezza, un rimprovero che dice a ciascun d'essi: *perché t'allontanasti dalle vie del bene?* Voi siete *liberi* e quindi *responsabili.* Da questa libertà morale scende il vostro diritto alla libertà politica, il vostro dovere di conquistarvela e mantenerla inviolata, il dovere altrui di non menomarla.

Voi siete *educabili.* Esiste in ciascun di voi una somma di facoltà, di capacità intellettuali, di tendenze morali, alle quali l'*educazione* sola può dar moto e vita, e che, senza quella, giacerebbero sterili, inerti, non rivelandosi che a lampi, senza regolare sviluppo.

L'educazione è il pane dell'anima. Come la vita fisica, organica, non può crescere e svolgersi senza alimenti, così la vita morale, intellettuale, ha bisogno per ampliarsi e manifestarsi, delle influenze esterne e d'assimilarsi parte almeno delle idee, degli effetti, delle altrui tendenze. La vita dell'*industria* s'innalza, come la pianta, varietà dotata d'esistenza propria e di caratteri speciali, sul terreno comune, si nutre degli elementi della vita comune. L'individuo è un rampollo dell'UMANITÀ e alimenta e rinnova le proprie forze nelle sue. Quest'opera alimentatrice, rinnovatrice, si compie coll'Educazione che trasmette direttamente o indirettamente all'individuo i risultati dei progressi di tutto quanto il genere umano. È dunque non solamente come *necessità* della vostra vita, ma come una santa comunione con tutti i vostri fratelli, con tutte le generazioni che vissero: cioè pensarono ed operarono prima della vostra, che voi dovete conquistarvi, nei limiti del possibile, educazione: educazione morale ed intellettuale, che abbracci e fecondi tutte le facoltà che Dio vi dava siccome deposito da far fruttare, e che istituisca e mantenga un legame tra la vostra vita individuale e quella dell'Umanità collettiva.

E perché quest'opera *educatrice* si compisse più rapidamente, perché la vostra vita individuale s'inanellasse più certamente e più intimamente colla vita *collettiva* di tutti, colla vita dell'Umanità, Dio v'ha fatto esseri essenzialmente *sociali*. Ogni essere al disotto di voi *può vivere* da per sé, senz'altra comunione che colla natura, cogli elementi del mondo fisico: voi nol potete. Avete a ogni passo necessità dei vostri fratelli e non potete soddisfare ai più semplici bisogni della vita senza giovarvi dell'opera loro. Superiori ad ogni altro essere mercé l'associazione coi vostri simili, siete, se isolati, inferiori di forza a molti animali, e deboli e incapaci di sviluppo e di piena vita. Tutte le più nobili aspirazioni del vostro core come l'amor della Patria, e anche le meno virtuose come il desiderio di gloria e dell'altrui lode, accennano alla tendenza ingenita in voi ad accomunare la vostra vita colla vita dei milioni che vivono intorno a voi. Voi siete dunque chiamati all'associazione. Essa centuplica le vostre forze: fa vostre le idee altrui, vostro l'altrui progresso; e innalza, migliora e santifica la vostra natura cogli affetti e col sentimento crescente dell'unità dell'umana famiglia. Quanto più sarà vasta la vostra associazione coi vostri fratelli, quanto più intima e complessiva, tanto più innanzi sarete sulla via del vostro miglioramento. La Legge della vita non può compirsi tutta se non dal lavoro riunito di tutti. E ad ogni grande progresso, ad ogni scoperta di un frammento di quella Legge, corrisponde nella Storia un allargamento dell'associazione umana, un contatto più vasto fra popolo e popoli. Quando i primi Cristiani vennero a proclamare l'unità della natura umana di fronte alla filosofia pagana che ammetteva due nature, di padroni e di schiavi, il popolo Romano aveva portato le sue aquile a passeggiare fra tutti i popoli noti d'Europa. Prima che il Papato-dannoso in oggi, utile nei primi secoli dell'istituzione-venisse a dire: il potere spirituale è superiore al temporale, gli invasori chiamati Barbari avevano messo in contatto violento il mondo Germanico col mondo Latino. Prima che l'idea di Libertà applicata ai popoli promovesse il concetto di nazionalità che agita in oggi l'Europa e trionferà, le guerre della Rivoluzione e dell'Impero avevano suscitato e chiamato in azione un elemento fino allora appartato, l'elemento Slavo.

Voi siete, finalmente, esseri progressivi.

Questa parola PROGRESSO, ignota all'antichità, sarà d'ora innanzi una parola sacra per l'Umanità. Essa racchiude tutta una trasformazione sociale, politica, religiosa.

L'antichità, gli uomini delle vecchie religioni Orientali e del Paganesimo, credevano nel Fato, nel Caso, in una Potenza arcana, inintelligibile, padrona arbitraria delle cose umane, creatrice e distruggitrice alternativamente senza che l'uomo potesse intenderne, promoverne, o accelerarne i bisogni. Credevano l'uomo impotente a fondare cosa alcuna durevole, permanente, sulla nostra terra. Credevano che i popoli, condannati ad aggirarsi nel cerchio descritto dagl'individui quaggiù, sorgessero, salissero a potenza, poi volgessero a vecchiaia, e fatalmente, irrevocabilmente, perissero. Con un orizzonte d'idee e di fatti assai ristretto davanti e senza conoscenza di Storia fuorché della loro nazione e spesso della loro città, guardavano al genere umano unicamente come un aggregato di uomini, senza vita e legge propria, e non derivavano i loro pensieri fuorché dalla contemplazione dell'individuo. La conseguenza di siffatte dottrine era una tendenza ad accettare i fatti predominanti senza curare o sperar di mutarli. Dove le circostanze avevano impiantato una forma repubblicana, gli uomini di quei tempi erano repubblicani; dove signoreggiava il dispotismo, erano schiavi noncuranti di progresso e sommessi. Ma poi che dappertutto, sotto la forma repubblicana come sotto la tirannide, trovavano divisa la famiglia umana o in quattro caste, come in Oriente, o in due, di cittadini liberi e di schiavi, come nella Grecia, accettavano la divisione delle caste o la credenza in due nature diverse d'uomini; e l'accettarono i più potenti intelletti del mondo Greco, Platone e Aristotele. L'emancipazione della vostra classe era, tra siffatti uomini, una impossibilità.

Gli uomini che fondarono, sulla parola di Gesù, una Religione superiore a tutte le credenze del vecchio Oriente e del Paganesimo, intravidero, non conquistarono, la santa idea contenuta in questa parola: Progresso. Intesero l'unità della razza umana, intesero l'unità della Legge, intesero il dovere di perfezionamento nell'uomo: non intesero la potenza data da Dio all'uomo per compirlo, né la via per la quale si compie. Si limitarono essi pure a desumere le norme della vita dalla contemplazione dell'individuo: l'Umanità come corpo collettivo, rimase loro ignota. Conobbero la Provvidenza e la sostituirono alla cieca Fatalità degli antichi; ma la conobbero come protettrice dell'*individuo,* non come Legge dell'Umanità. Collocati fra l'immensità dello scopo di perfezionamento che intravedevano e la breve povera vita dell'individuo, sentirono il bisogno d'un termine intermediario tra l'uno e l'altro, fra l'Uomo e Dio, e non possedendo l'idea dell'Umanità collettiva, ricorsero a una incarnazione divina: dichiararono che la Fede in essa era sorgente unica di salute, di forza, di *grazia,* all'uomo.

Non sospettando la rivelazione *continua* che scende da Dio sull'uomo attraverso l'Umanità, credettero in una rivelazione *immediata, unica,* scesa ad un tempo stesso determinato, e per favore *speciale di Dio.* Videro il legame che annoda gli uomini in Dio, non videro quello che li annoda qui sulla terra nell'umanità. Poco importava la serie delle generazioni a chi non sentiva come l'una agisse sull'altra; s'avvezzarono dunque a non contemplarle; s'adoprarono a staccar l'uomo dalla terra, dalle cose concernenti l'Umanità intera, e finirono per mettere in opposizione la *terra,* che abbandonarono ad ogni Potere di fatto e che chiamarono soggiorno d'*espiazione,* e il *cielo* a cui l'uomo poteva, per virtù di grazia e di fede, salire e dal quale esiliarono per sempre chi ne mancasse. La rivelazione essendo per essa immediata ed *unica* in un dato periodo, ne dedussero che nulla poteva aggiungervisi e che i depositari di quella rivelazione erano infallibili. Dimenticavano che il fondatore della loro religione era venuto, *non ad annientare la Legge ma a continuarla, aggiungendovi.* Dimenticavano che in un solenne momento e con sublime istinto dell'avvenire, Gesù aveva detto: *Io vi dico le cose che voi potete in oggi intendere e praticare; ma verrà dopo me lo spirito di verità, e vi parlerà per autorità propria ma raccogliendo l'ispirazione da tutti,* l'ispirazione collettiva[6]. È in quelle parole la profezia dell'idea del Progresso e della rivelazione continua del Vero per mezzo dell'Umanità: v'è la giustificazione della formola che Roma ridesta propose all'Italia colle parole *Dio e il popolo,* scritte in fronte a' suoi decreti repubblicani. Ma gli uomini delle credenze del medioevo non potevano intenderla. Non erano maturi i tempi.

Tutto l'edifizio delle credenze che successero al Paganesimo posa, a ogni modo, sulle basi or ora accennate. È chiaro che neppur su queste poteva fondarsi la vostra emancipazione qui sulla terra.

Mille trecento anni a un dipresso dopo le parole di Gesù or citate, un uomo Italiano, il più grande fra gl'Italiani che io mi conosca, scriveva le verità seguenti: "Dio è uno; l'Universo è un pensiero di Dio; l'Universo è dunque uno esso pure. Tutte le cose partecipano, più o meno, della natura divina, a seconda del fine pel quale sono create. L'uomo è nobilissimo fra tutte le cose: Dio ha versato in lui più della sua natura che non sull'altre. Ogni cosa che viene da Dio tende al perfezionamento del quale è capace. La capacità di perfezionamento nell'uomo è indefinita. L'Umanità è Una. Dio non ha fatto cosa inutile; e poiché esiste una Umanità, deve esistere uno scopo unico per *tutti* gli uomini,

---

6   Vedi Evangelio di Giovanni Cap. XVI.

un lavoro da compiersi per opera d'essi tutti. Il genere umano dovrebbe dunque lavorare unito, sì che tutte le forze intellettuali diffuse in esso, ottengano il più alto sviluppo possibile nella sfera del pensiero e dell'azione. Esiste dunque una Religione universale della natura umana".

Quell'uomo aggiungeva che questa religione universale, questa Unità del mondo doveva avere chi la rappresentasse: e accennava a Roma, la Città Santa, le di cui pietre, ei diceva, erano meritevoli di riverenza.

L'uomo che scriveva quelle idee aveva nome DANTE. Ogni città d'Italia quando l'Italia sarà libera ed una, dovrebbe innalzargli una statua, però che quelle idee contengono in germe la Religione dell'Avvenire. Egli le scriveva in libri latini e italiani che s'intitolavano: *Della Monarchia* e *Convito*, difficili a intendersi ed oggi negletti anche dagli uomini che si dicono *letterati*. Ma le idee, cacciate una volta che siano nel mondo dell'intelletto, non muoiono più. Altri le raccoglie, anche dimenticandone la sorgente. Gli uomini ammirano la quercia: chi pensa al germe dal quale esciva?

Il germe che Dante cacciava fruttò. Raccolto e fecondato di tempo in tempo da qualche potente intelletto, si svolse in pianta sul finire del secolo passato. L'idea del Progresso siccome Legge della Vita accettata, sviluppata, verificata sulla storia, confermata dalla scienza, diventò bandiera dell'avvenire. Oggi non v'è ingegno severo che non lo ponga a cardine dei suoi lavori.

Oggi sappiamo che la legge della Vita è PROGRESSO. Progresso per l'*individuo,* progresso per l'Umanità. L'Umanità compie quella Legge sulla terra; l'individuo sulla terra ed altrove. Un solo Dio; una sola Legge. Quella legge s'adempie lentamente, inevitabilmente, nell'Umanità fin dal primo suo nascere. La verità non s'è mai manifestata tutta o ad un tratto. Una rivelazione continua, manifestata d'epoca in epoca, un frammento della Verità, una *parola* della Legge. Ognuna di quelle *parole* modifica profondamente, sulla via del Meglio, la vita umana e costituisce una *credenza,* una Fede. Lo sviluppo dell'idea religiosa è dunque indefinitamente progressivo; e quasi colonne d'un Tempio, le *credenze* successive, svolgendo e purificando più sempre quell'idea, costituiranno un giorno il Panteon della nostra Terra. Gli uomini benedetti da Dio di Genio e di singolare Virtù ne sono gli Apostoli: il Popolo, il senso *collettivo* dell'umanità, ne è l'interprete; accetta quella rivelazione di Verità, la trasmette da una generazione all'altra, e la rende *pratica,* applicandola ai diversi rami, alle diverse manifestazioni della vita umana. L'Umanità è simile ad un uomo che vive indefinitamente e che impara sempre. Non v'è dunque, né può esservi *casta* privilegiata di depositari ed interpreti della Legge: non v'è, né può esservi necessità d'*intermediario* tra Dio e l'uomo, dall'Umanità infuori. Dio, prefiggendo un disegno provvidenziale d'Educazione progressiva all'Umanità, ponendo l'istinto del progresso nel core d'ogni uomo, ha messo pure nell'umana natura le facoltà e le forze necessarie a compierlo. L'uomo individuo, creatura libera e responsabile, può usarne e abusarne a seconda ch'ei si mantiene sulla via del Dovere, o cede alle cieche seduzioni dell'Egoismo; ei può indugiare o accelerare il proprio progresso; ma il disegno provvidenziale non può cancellarsi da forza umana. L'educazione dell'umanità *deve* compiersi; noi vediamo quindi escire dalle invasioni barbariche che sembravano spegnere la civiltà, un nuovo incivilimento superiore all'antico e diffuso su più ampia zona di terra: vediamo dalla tirannide, esercitata dagli individui, escire subito dopo un più rapido sviluppo di libertà.

La legge, il Progresso, devono compirsi, come altrove, qui sulla terra. Non v'è opposizione fra *terra* e *cielo;* ed è bestemmia il supporre che l'opera di Dio, la casa ch'egli ci ha dato, possa, senza peccato, sprezzarsi, abbandonarsi ai Poteri, quali essi siano, alle influenze del Male, dell'Egoismo e della Tirannide. La Terra non è soggiorno di *espiazione;* è soggiorno di lavoro a prò dell'ideale, del Vero e del Giusto che ciascun di noi ha in germe nell'anima; gradino verso un Miglioramento che noi non possiamo raggiungere se non glorificando, coll'opere, Iddio nell'Umanità, e consacrandoci a tradurre in *fatto* quanta più parte possiamo del suo disegno. Il giudizio che s'adempirà su ciascun di noi, e che ci farà inoltrare sulla scala del Perfezionamento o ci condannerà a trascinarci nuovamente nello stadio tristamente e sterilmente percorso, si fonderà sul bene che avremo fatto ai nostri fratelli, sul grado di progresso che avremo aiutato altri a salire. L'*associazione* più sempre intima, più e più sempre vasta, coi nostri simili è il mezzo per cui si moltiplicano le nostre forze, il campo sul quale si compiono i nostri Doveri, la via per ridurre in atto il Progresso. Noi dobbiamo tendere a far dell'intera Umanità una Famiglia, ogni membro della quale rappresenti in sé, a beneficio degli altri, la Legge morale. E come il perfezionamento dell'umanità si compie d'epoca in epoca, di generazione in generazione, il perfezionamento dell'individuo si compie d'esistenza in esistenza, più o meno rapidamente a seconda dell'opere nostre.

Son queste *alcune* delle verità contenute in quella parola *Progresso,* dalla quale escirà la Religione dell'Avvenire. In essa solo può compiersi la vostra emancipazione.

Capitolo ottavo

Libertà

Voi vivete. La vita ch'è in voi non è opera del Caso; la parola *Caso* non ha senso alcuno, e non fu trovata che ad esprimere l'ignoranza degli uomini su certe cose. La vita ch'è in voi viene da Dio e rileva nel suo sviluppo progressivo un *disegno* intelligente. La vostra vita ha dunque necessariamente un *fine,* uno scopo.

Il fine *ultimo,* pel quale fummo creati, ci è tuttora ignoto, e non può essere altrimenti; né per questo dobbiamo negarlo. Sa il bambino lo scopo a cui dovrà tendere nella Famiglia, nella Patria, nell'umanità? No: ma lo scopo esiste, e noi cominciamo a saperlo per lui. L'Umanità è il bambino di Dio: sa Egli il fine verso il quale essa deve svilupparsi. L'Umanità comincia oggi appena a intendere che la legge è Progresso: comincia appena a intendere incertamente qualche cosa dell'Universo che ha intorno; e la maggior parte degl'individui che la compongono è tuttavia inadatta, per barbarie, servitù o mancanza assoluta d'educazione, allo studio di quella Legge, all'esame dell'universo, che bisogna intendere prima d'intendere noi stessi. Una minoranza degli uomini che popolano la piccola nostra Europa è sola capace di sviluppare verso lo scopo della conoscenza le sue facoltà intellettuali. In voi stessi, privi i più d'istruzione e soggiogati tutti dalla fatalità d'un lavoro fisico male ordinato, dormono mute senza poter portare alla piramide della scienza il loro tributo. Come potremmo dunque pretendere di conoscere in oggi ciò che richiede l'opera associata di tutti? Come ribellarci contro il nostro non avere raggiunto ancora ciò che costituirebbe l'ultimo gradino del nostro Progresso terrestre, quando cominciamo appena a balbettare, pochi e non associati, quella sacra e feconda parola? Rassegniamoci dunque all'ignoranza sulle cose che ci sono per lungo tempo ancora inaccessibili, e non abbandoniamo, fanciullescamente irritati, lo studio di quelle che possiamo scoprire. La scoperta del Vero esige modestia e temperanza di desiderio quanto esige costanza. L'impazienza, l'orgoglio umano, han perduto o sviato dal retto sentiero molte più anime che non la deliberata tristizia. E questa verità che l'Antichità ha voluto insegnarci, quando ci narrava che il Despota voglioso di raggiungere il cielo non seppe innalzare se non una Torre di confusione, e che i Giganti assalitori dell'Olimpo giacciono, fulminati, sotto i nostri monti vulcanici.

Ciò di cui importa conviverci è questo che, qualunque sia *il fine* verso cui tendiamo, noi non potremo scoprirlo e raggiungerlo, se non collo sviluppo progressivo e coll'esercizio delle nostre facoltà intellettuali. Le nostre facoltà sono gli strumenti di lavoro che Dio ci dava. È dunque necessario che il loro sviluppo sia promosso e aiutato; il loro esercizio protetto e libero. Senza libertà voi non potete compiere alcuno dei vostri doveri. Voi dunque avete *diritto* alla Libertà, e *Dovere* di conquistarla ad ogni modo contro qualunque Potere la neghi.

Senza *libertà* non esiste Morale, perché non esistendo libera scelta tra il bene ed il male, tra la devozione al progresso comune e lo spirito d'egoismo, non esiste società vera, perché tra liberi e schiavi non può esistere *associazione;* ma solamente *dominio* degli uni sugli altri. La libertà è sacra come l'*individuo,* del quale essa rappresenta la vita. Dove non è libertà, la vita è ridotta ad una pura funzione organica. Lasciando che la sua libertà sia violata, l'uomo tradisce la propria natura e si ribella contro i decreti di Dio.

Non v'è libertà dove una casta, una famiglia, un uomo s'assuma dominio sugli altri in virtù d'un preteso diritto divino, in virtù d'un privilegio derivato dalla nascita, o in virtù di ricchezza. La libertà dev'essere per tutti e davanti a tutti. Dio non delega la sovranità ad alcun individuo; quella parte di sovranità che può essere rappresentata sulla nostra terra è da Dio fidata all'umanità, alle

Nazioni, alla Società. Ed anche quella cessa e abbandona quelle frazioni collettive dell'Umanità, quand'esse non la dirigono al bene, all'adempimento del disegno previdenziale Non esiste dunque Sovranità di *diritto* in alcuno; esiste una sovranità dello scopo e degli atti che vi si accostano. Gli atti e lo scopo verso cui camminiamo devono essere sottomessi al giudizio di tutti. Non v'è dunque né può esservi sovranità *permanente*. Quella istituzione che si chiama Governo non è se non una Direzione: una missione affidata ad alcuni per raggiungere più sollecitamente lo scopo della Nazione; e se quella missione è tradita, il potere di direzione fidato a quei pochi deve cessare. Ogni uomo chiamato al Governo è un amministratore del pensiero comune: deve essere *eletto*, e sottomesso a revoca ogni qualvolta ei lo fraintenda o deliberatamente lo combatta. Non può esistere dunque, ripeto, casta o famiglia che ottenga il Potere per diritto proprio, senza violazione della vostra libertà. Come potreste chiamarvi liberi davanti ad uomini ai quali spettasse facoltà di *comando* senza vostro consenso? la Repubblica è l'unica forma legittima e logica di Governo.

Voi non avrete padrone fuorché Dio nel cielo e il Popolo sulla terra. Quando avete scoperto una linea della Legge, dei voleri di Dio, dovete, benedicendo, eseguirla. Quando il Popolo, l'unione collettiva dei vostri fratelli, dichiara che tale è la sua credenza, dovete piegar la testa e astenervi da ogni atto di ribellione.

Ma vi son cose che costituiscono il vostro *individuo* e sono essenziali alla vita umana. E su queste neppure il popolo ha signoria. Nessuna maggioranza, nessuna forza collettiva può rapirvi ciò che vi fa essere *uomini*. Nessuna maggioranza può decretar la tirannide e spegnere o alienare la propria libertà. Contro il popolo suicida che ciò facesse, voi non potete usar la forza, ma vive e vivrà eterno in ciascun di voi il diritto di protesta nei modi che le circostanze vi suggeriranno.

Voi dovete avere libertà in tutto ciò ch'è indispensabile ad alimentare, moralmente e materialmente, la vita.

Libertà personale: libertà di locomozione: libertà di credenza religiosa: libertà d'opinione su tutte le cose: libertà d'esprimere colla stampa o in ogni altro modo pacifico il vostro pensiero: libertà di associazione per poterlo fecondare col contatto nel pensiero altrui: libertà di traffico pei suoi prodotti son tutte cose che nessuno può togliervi, salvo alcune rare eccezioni, ch'or non importa il dire, senza grave ingiustizia, senza che sorga in voi il dovere di protestare.

Nessuno ha diritto, in nome della Società, d'imprigionarvi e di sottomettervi a restrizioni personali o invigilamento, senza dirvi il perché, senza dirvelo col minore indugio possibile, senza condurvi sollecitamente davanti al potere giudiziario del paese. Nessuno ha diritto d'inceppare con restrizioni di passaporti od altro il vostro trasferirvi di parte in parte della terra che è vostra Patria. Nessuno ha diritto di persecuzione, d'intolleranza, di legislazione esclusiva sulle vostre opinioni religiose: nessuno, fuorché la grande pacifica voce dell'umanità, ha diritto di frapporsi fra Dio e la vostra coscienza. Dio vi ha dato il Pensiero: nessuno ha diritto di vincolarlo o sopprimerne l'espressione, ch'è la comunione dell'anima vostra coi vostri fratelli e l'unica via di progresso che abbiamo. La stampa dev'essere illimitatamente libera: i diritti dell'intelletto sono inviolabili, ed ogni censura *preventiva* è tirannide: la Società può, come tutte le altre colpe, *punire* soltanto le colpe di stampa: la predicazione del delitto, l'insegnamento dichiaratamente immorale: la punizione in virtù d'un giudizio solenne è conseguenza della responsabilità umana, mentre ogni intervenuto *anteriore* è negazione della libertà. L'*associazione* pacifica è santa come il pensiero: Dio ne poneva in voi la tendenza come avviamento perenne al progresso e pegno dell'Unità che la famiglia umana deve un giorno raggiungere: nessun potere ha diritto d'impedirla o di limitarla. Ciascun di voi ha dover d'usar della vita che Dio gli diede, di serbarla, di svilupparla; a ciascun di voi corre quindi debito di lavoro, solo mezzo di sostenerla materialmente: il lavoro è sacro: nessun ha diritto di vietarlo, d'incepparlo o di renderlo con regolamenti arbitrari impossibile: nessuno ha diritto di restringere il libero traffico de' suoi prodotti: la terra che v'è Patria è il vostro mercato, e nessuno può limitarlo.

Ma quando avrete ottenute che queste libertà siano sacre, quando avrete finalmente costituito lo Stato sul voto di tutti e in modo che l'*individuo* abbia schiuse davanti a lui tutte le vie che possono condurre allo sviluppo delle sue facoltà-allora, ricordatevi che al di sopra di ciascun di voi sta lo scopo che è vostro dovere raggiungere: perfezionamento morale vostro e d'altrui, comunione più sempre intima e vasta fra tutti i membri della famiglia umana, sì che un giorno essa non riconosca che una sola Legge.

"Voi dovete formare la famiglia universale, edificare la Città di Dio, tradurre in fatto progressivamente, con un continuo lavoro, l'opera sua nell'umanità.

Quando, amandovi gli uni cogli altri come fratelli, voi vi tratterete reciprocamente sì come tali, e ciascuno, cercando il proprio bene nel bene di tutti, i propri interessi negl'interessi di tutti, pronto sempre a sacrificarsi per tutti i membri della comune famiglia, egualmente pronti a sacrificarsi per lui, i più tra i mali che pesano in oggi sulla razza umana spariranno, come i vapori addensati all'orizzonte spariscono al levarsi del sole: e ciò che Dio vuole si compirà: però che è suo decreto che l'amore, unendo a poco più sempre strettamente gli elementi dispersi dell'umanità, e ordinandoli in un sol corpo, essa sia una com'egli è uno".[7]

Le parole or citate d'un uomo che visse e morì santamente e amò il popolo e il suo avvenire d'immenso amore, non v'escano, o miei fratelli, mai dalla mente. La libertà non è che un *mezzo;* guai a voi e al vostro avvenire se v'avvezzaste mai a guardarla siccome fine! Il vostro *individuo* ha doveri e diritti propri che non possono essere abbandonati ad alcuno; ma guai a voi ed al vostro avvenire se il rispetto che dovete avere per ciò che costituisce la vostra vita *individuale* potesse mai degenerare in un fatale *egoismo!* La vostra libertà non è la negazione d'ogni autorità; è la negazione d'ogni autorità che non rappresenti lo scopo collettivo della Nazione, e che presuma impiantarsi e mantenersi sovr'altra base che su quella del libero spontaneo vostro consenso. Dottrine di sofisti hanno in questi ultimi tempi pervertito il santo concetto della Libertà: gli uni l'hanno ridotto a un gretto immorale *individualismo,* hanno detto che l'io è tutto e che il lavoro umano e l'ordinamento sociale non devono tendere che al sodisfacimento dei suoi desiderii: gli altri hanno dichiarato che *ogni* governo, *ogni* autorità è un male inevitabile, ma da restringersi, da vincolarsi quanto più si può, che la libertà non ha limiti; che lo scopo d'ogni Società è unicamente quello di promoverla indefinitamente; che un uomo ha diritto d'usare e abusare della libertà, *purché* questa non ridondi direttamente nel male altrui: che un governo non ha missione fuorché quella *d'impedire* che un individuo non *nuoccia* all'altro. Respingete, o miei fratelli, queste false dottrine: son esse che indugiano anche in oggi l'Italia sulle vie della sua grandezza avvenire. Le prime hanno generato l'egoismo di classe, le seconde fanno d'una società che deve, se ben ordinata, rappresentare il vostro scopo e la vostra vita collettiva, non altro che un birro o un soldato di polizia incaricato di mantenere una pace apparente; tutte trascinano la *libertà* ad essere *un'anarchia:* cancellano l'idea di miglioramento morale collettivo; cancellano la missione educatrice, la missione di Progresso che la società deve assumersi. Se voi potete intendere a questo modo la Libertà, voi meritereste di perderla, e, presto o tardi, la perdereste.

La vostra Libertà sarà santa, perché si svilupperà sotto il predominio dell'idea del Dovere, della Fede nel perfezionamento comune. La vostra Libertà fiorirà protetta da Dio e dagli uomini, perch'essa non sarà il diritto d'usare e abusare delle vostre facoltà nella direzione che a voi piaccia

---

7   LAMENNAIS, Libro del Popolo III.

di scegliere, ma perch'essa sarà il diritto di *scegliere liberamente, a seconda delle vostre tendenze, i mezzi per fare il bene.*

Capitolo nono

Educazione

Dio v'ha fatti *educabili*. Voi dunque avete dovere d'educarvi per quanto è in voi, e diritto a che la società alla quale appartenete non v'*impedisca* nella vostra opera educatrice, v'*aiuti* in essa e vi *supplisca*, quando i mezzi d'educazione vi manchino.

La vostra libertà, i vostri diritti, la vostra emancipazione da condizioni sociali ingiuste, la missione che ciascun di voi deve compiere qui sulla terra dipendono dal grado di educazione che vi è dato raggiungere. Senza educazione voi non potete scegliere giustamente fra il bene e il male; non potete acquistare coscienza dei vostri diritti, non potete ottenere quella partecipazione nella vita politica senza della quale non riuscirete ad emanciparvi: non potete definire a voi stessi la vostra missione. L'Educazione è il pane delle anime vostre. Senz'essa, le vostre facoltà dormono assiderate, infeconde, come la potenza di vita che cova nel germe dorme sterilita, s'esso è cacciato in terreno non dissodato, senza benefizio d'irrigazione e cure d'assiduo coltivatore.

Oggi, voi, o non avete educazione o l'avete da uomini e da poteri che nulla rappresentano fuorché se stessi e, non servendo a un principio regolatore, sono condannati essenzialmente a mutilarla o falsarla. I meno tristi fra i vostri educatori credono aver sodisfatto al debito loro, quando hanno inegualmente aperto sul territorio che reggono un certo numero di scuole dove i vostri figli *possono* ricevere un grado qualunque d'insegnamento elementare. Questo insegnamento consiste principalmente nel leggere, scrivere e computare.

Insegnamento siffatto si chiama *istruzione*; e differisce dall'*educazione* quanto i nostri organi differiscono dalla nostra *vita*. I nostri organi non sono la vita; non ne sono che semplici stromenti e mezzi di manifestarla; non la signoreggiano, non la dirigono: possono tradurre in fatti la vita più santa e la più corrotta. Così l'*istruzione* somministra i mezzi per praticare ciò che l'*educazione* insegna: ma non può tener luogo dell'*educazione*.

L'educazione s'*indirizza* alle facoltà *morali*; l'*Istruzione* alle *intellettuali*. La prima sviluppa nell'uomo la conoscenza dei suoi doveri; la seconda rende l'uomo capace di praticarli. Senza *istruzione*, l'*educazione* sarebbe troppo sovente inefficace; senza *educazione* l'*istruzione* sarebbe come una leva mancante d'un punto d'appoggio. Voi sapete leggere: che monta, se non sapete in quali libri si trovi l'errore, in quali la verità? Voi sapete, scrivendo, comunicare i vostri pensieri ai vostri fratelli: che importa, quando i vostri pensieri non accennassero che ad egoismo? L'*istruzione*, come la ricchezza, può essere sorgente di bene e di male a seconda delle intenzioni colle quali s'adopra: consacrata al progresso di tutti, è mezzo di incivilimento e di libertà; rivolta all'utile proprio, diventa mezzo di tirannide e di corruttela. Oggi in Europa l'*istruzione*, scompagnata da un grado corrispondente di *educazione* morale, è piaga gravissima che mantiene l'ineguaglianza fra classe e classe d'uno stesso popolo e inchina gli animi al calcolo, all'egoismo, alle transazioni fra il giusto e l'ingiusto, alle false dottrine.

La distinzione fra gli uomini i quali vi offrono più o meno *istruzione* e quei che vi predicano *educazione*, è più grave che voi non pensate, e merita ch'io vi spenda alcune parole.

Due dottrine, due scuole, dividono il campo di quei che combattono per la libertà contro il dispotismo. La prima dichiara che la *sovranità* risiede nell'individuo: la seconda sostiene ch'essa vive unicamente nella *società* e prende a norma il consenso manifestato dalla maggioranza. La prima crede aver compiuto la propria missione quando ha proclamato i *diritti* creduti inerenti alla natura umana e tutelato la *libertà;* la seconda guarda quasi esclusivamente all'*associazione,* e desume dal patto che la costituisce i *doveri* d'ogni individuo. La prima non vede più in là di ciò che io chiamai *istruzione,* perché l'*istruzione* tende infatti a dare facilità di sviluppo, senza norma generale, alle facoltà individuali: la seconda intende la necessità d'un'*educazione* ch'è per essa la manifestazione del programma *sociale.*

La prima guida inevitabilmente all'anarchia morale, la seconda, se dimentica i diritti della libertà, corre rischio di cadere nel dispotismo della maggioranza.

Alla prima apparteneva tutta quella generazione di uomini chiamati in Francia *dottrinari,* che tradì le speranze del Popolo dopo la rivoluzione del 1830, e gridando *libertà d'istruzione* e non altro, perpetuò il monopolio governativo nella classe *borghese* che ha più mezzi per dare sviluppo alle proprie facoltà individuali: la seconda non è sventuratamente rappresentata in oggi che da Sette e Poteri appartenenti a vecchie credenze, ostili al dogma dell'avvenire, il Progresso.

Tutte due quelle scuole peccano di tendenze anguste, esclusive.

Il vero è questo:

La sovranità è in Dio, nella Legge morale, nel disegno provvidenziale che governa il mondo e ch'è via via rivelato dalle ispirazioni del Genio virtuoso e dalle tendenze dell'Umanità nelle epoche diverse della sua vita: e nello scopo che bisogna raggiungere, nella missione che bisogna compiere. Non è sovranità nello individuo, non è nella società, se non in quanto l'uno è l'altra s'uniformino a quel disegno, a quella Legge, e si dirigono a quello scopo.

Un individuo o è il migliore interprete della Legge morale e governa in suo nome, o è un usurpatore da rovesciarsi. Il semplice voto d'una maggioranza non costituisce sovranità, se avversa evidentemente alle norme morali supreme, o chiuda deliberatamente la via al Progresso futuro. Bene sociale, Libertà, Progresso: al di fuori di questi tre termini non può esistere sovranità.

L'educazione insegna qual sia il Bene sociale.

L'istruzione assicura all'individuo la libera scelta dei mezzi per ottenere un progresso successivo nel concetto del bene.

A voi importa prima d'ogni altra cosa che i vostri figli imparino quale insieme di principii e credenze diriga la vita dei loro fratelli nel tempo in cui sono chiamati a vivere e nella terra ch'è stata loro assegnata: quale sia il programma morale, sociale e politico della loro Nazione:-quale lo spirito della legislazione dalla quale le opere loro debbono venire giudicate:-quale il grado del progresso raggiunto dall'Umanità:-quale quello da raggiungersi. E v'importa ch'essi sentano fin dai primi anni giovanili di essere stretti in uno spirito d'eguaglianza e d'amore verso un intento comune, coi milioni di fratelli dati loro da Dio.

L'educazione, che deve dare ai vostri figli insegnamento siffatto, non può venire che dalla Nazione.

Oggi, l'insegnamento morale è anarchia. Lasciato esclusivamente ai padri, è nullo dove la miseria e la necessità d'un lavoro materiale quasi continuo tolgono ad essi tempo per educare e mezzi per sostituire educatori a se stessi, tristo, se l'egoismo e la corruttela hanno pervertita e contaminata la famiglia. I fanciulli sono dati a tendenze superstiziose o materialiste, di libertà o di rassegnazione codarda, di aristocrazia o di reazione contr'essa, a seconda dell'istitutore prete o laico, che le tendenze paterne scelgono dove esistono mezzi. Come possono, cresciuti a gioventù, affratellarsi in concordia d'opere e rappresentare in sé l'unità del paese? La società li chiama a promuovere lo sviluppo d'una idea comune alla quale non furono iniziati mai. La società li punisce per violazioni di leggi talora ignote, e delle quali lo spirito e lo scopo non sono insegnati mai dalla società al cittadino. La società desidera da essi cooperazione e sacrificio per un fine che nessuna scuola svolge ad essi sull'aprirsi della loro vita civile. Strano a dirsi: gli uomini della *dottrina,* alla quale ho accennato poc'anzi riconoscono in ciascun *individuo* il diritto d'ammaestrare i giovani: non lo riconoscono nell'*associazione* di tutti, nella Nazione. Il loro grido, *libertà d'insegnamento* disereda la Patria d'ogni direzione morale. Dichiarano importantissima l'unità del sistema monetario e dei pesi; l'unità dei *principii* sui quali la vita nazionale deve avere fondazione e sviluppo, è nulla per essi. Voi non dovete lasciarvi adescare da quel grido che tutti quasi i fautori moderni di Costituzioni ripetono l'uno dopo l'altro.

Senza Educazione Nazionale non esiste moralmente Nazione. La coscienza nazionale non può uscir che da quella.

Senza Educazione Nazionale comune a tutti i cittadini: eguaglianza di *doveri* e di *diritti* è formola vuota di senso, la conoscenza dei doveri, la possibilità dell'esercizio dei *diritti,* sono lasciate al caso della fortuna e all'arbitrio di chi sceglie l'educatore.

Gli uomini che si dichiarano avversi all'unità della educazione invocano la libertà. Libertà di chi? Dei padri o dei figli? La libertà dei figli è violata, nel loro sistema dal dispotismo paterno: la libertà delle giovani generazioni sacrificate alle vecchie: la libertà di progresso diventa illusione.

Le credenze individuali, false forse ed avverse al progresso, sono trasmesse sole e autorevoli, di padre in figlio, nell'età in cui l'esame è impossibile: più tardi, nelle condizioni dei più tra voi, la fatalità d'un lavoro materiale di tutte l'ore, vieterà all'anima giovane, nella quale si saranno stampate quelle credenze, di raffrontarle con altre e modificarle. In nome di quella libertà menzognera il sistema anarchico del quale io vi parlo tende a fondare o perpetuare il pessimo fra i dispotismi, la *casta morale.*

Ciò che quel sistema protegge ha nome *arbitrio* non *libertà.* Libertà vera non esiste senza eguaglianza, e l'eguaglianza non può esistere fra chi non move da una base, da un principio comune, da una coscienza uniforme del Dovere. La libertà non si esercita che al di là di quella coscienza. Io vi dissi poche pagine addietro che la Libertà vera non consiste nel diritto di scegliere il male, ma nel diritto di scegliere fra le vie che conducono al *bene.* La *libertà* che invocano quei falsi filosofi è l'arbitrio dato al padre di scegliere il male pel figlio. Che? Se un padre minacciasse di mutilazione, di un guasto qualunque il corpo del suo fanciullo, la società interverrebbe invocata da tutti; e l'*anima,* la mente di quell'essere, sarà da meno del corpo? La società non potrà proteggerla dalla mutilazione delle facoltà, l'ignoranza dalla deviazione del senso morale, la superstizione?

Quel grido di libertà d'insegnamento sorgeva giovevole un tempo e sorge giovevole anch'oggi dovunque l'educazione morale è un monopolio d'un governo dispotico, d'una casta retrograda, d'un sacerdozio avverso, per natura di dogma, al Progresso: fu un'arme contro la tirannide; una parola d'emancipazione imperfetta ma indispensabile. Giovatevene ovunque siete schiavi. Ma io vi parlo d'un tempo in cui la fede religiosa avrà scritto sulle porte del tempio la parola PROGRESSO e tutte le istituzioni ripeteranno sotto varie forme quella parola, e l'Educazione Nazionale dirà sul finire dell'insegnamento all'allievo: *a te, destinato a vivere sotto un Patto comune fra noi; noi abbiam detto le basi fondamentali di quel Patto, i Principii nei quali crede in oggi la tua Nazione; ma bada che il primo fra quei principii è Progresso; bada che la tua missione d'uomo e di cittadino è quella di migliorare, ove tu possa, la mente e il core dei tuoi fratelli: va, esamina, raffronta; e se scopri verità superiore a quella che noi crediamo di possedere, promulgala arditamente e avrai la benedizione della tua Patria.* Allora, non prima, respingete quel grido di *libertà d'insegnamento* come ineguale ai vostri bisogni e funesto all'Unità della Patria; chiedete, esigete, l'impianto d'un sistema d'educazione nazionale gratuita, obbligatoria per tutti.

La Nazione deve ad ogni cittadino la trasmissione del suo programma. Ogni cittadino deve ricevere nelle scuole l'insegnamento morale-un corso di nazionalità comprendente un quadro sommario dei progressi dell'Umanità, la Storia Patria e l'esposizione popolare dei principii che reggono la legislazione del paese-e l'istruzione elementare intorno alla quale non v'è dissenso. Ogni cittadino deve imparare in esse l'eguaglianza e l'amore.

Trasmesso quel programma, la libertà ripiglia i suoi diritti. Non solamente l'insegnamento della famiglia, ma ogni altro è sacro. Ogni uomo ha diritto illimitato di comunicare ad altri le proprie idee: ogni uomo ha diritto d'ascoltarlo. La Società deve proteggere, incoraggiare la libera espressione del pensiero, sotto ogni forma; e aprire ogni via perché il programma sociale possa svilupparsi e modificarsi pel bene.

Capitolo decimo

Associazione - Progresso

Dio v'ha fatti *sociali e progressivi.* Voi dunque avete dovere *d'associarvi* e di *progredire* quanto comporta la sfera d'attività, nella quale le circostanze vi collocarono, e avete diritto a che la società alla quale appartenete non *v'impedisca* nella vostra opera d'associazione e di progresso, v'aiuti in essa e vi *supplisca,* quando i mezzi *d'associazione* e di *progresso* vi manchino.

La *libertà* vi dà *facoltà* di scegliere fra il bene ed il male, cioè fra il dovere e l'egoismo. L'*educazione* deve insegnarvi la *scelta.* L'*associazione* deve darvi le *forze* colle quali potrete tradurre la scelta in atto. Il *progresso* è il *fine* a cui dovete mirare scegliendo, ed è ad un tempo, quando è visibilmente compito, la prova che non v'ingannaste nella scelta. Dove una sola di queste condizioni è tradita o negletta, non esiste *uomo,* né *cittadino* o esiste imperfetto o inceppato nel suo sviluppo.

Voi dunque dovete combattere per tutte, e segnatamente pel diritto d'Associazione, senza il quale la Libertà e l'Educazione riescono inutili.

Il diritto d'Associazione è sacro, come la Religione ch'è l'associazione delle anime. Voi siete tutti figli a Dio: siete dunque fratelli: e chi può senza delitto limitare l'associazione, la *comunione* fra fratelli?

Questa parola *comunione,* ch'io ho proferita pensatamente, vi fu detta dal Cristianesimo, che gli uomini dichiararono, nel passato, religione immutabile e non è se non un gradino sulla scala delle manifestazioni religiose dell'Umanità. Ed è una santa parola. Essa diceva agli uomini che erano una sola famiglia d'eguali in Dio; e riuniva il signore e il *servo* in un solo pensiero di salvezza, di speranza e di amore pel Cielo.

Era un immenso progresso sui tempi anteriori, quando popolo e filosofi credevano l'anime dei cittadini e degli schiavi essere di diversa natura. E bastava al Cristianesimo quella missione. La *comunione* era il simbolo dell'eguaglianza e della fratellanza dell'anime; e spettava all'Umanità d'ampliare e sviluppare la verità nascosta in quel simbolo.

La Chiesa nol poteva e nol fece. Timida e incerta a principio, alleata coi signori e col potere temporale più appresso e imbevuta, anche per utile proprio, d'una tendenza all'aristocrazia che non era nello spirito del fondatore, essa smarrì di tanto la via, che diminuì, retrocedendo, il valore della Comunione, limitandola pei laici alla comunione nel solo pane e serbando ai sacerdoti la comunione sotto le *due specie.*

D'allora in poi, il grido di quanti sentivano il diritto d'una comunione illimitata, senza distinzione fra ecclesiastici e laici, per tutta quanta la famiglia umana, fu: *comunione sotto le due specie al popolo: il calice al popolo!* Nel XV secolo, quel grido fu grido di moltitudini sollevate, preludio alla Riforma religiosa santificato dal martirio. Un santo uomo, Giovanni Huss di Boemia, capo di quel moto, perì tra le fiamme accese dall'Inquisizione. Oggi i più tra voi ignorano la storia di quelle lotte e le credono lotte di fanatici per questioni semplicemente teologiche. Ma quando, la Storia, fatta popolare dell'Educazione Nazionale, v'avrà insegnato come ogni progresso nella questione religiosa trascini un progresso corrispondente nella vita civile, intenderete il giusto valore di quelle contese, e onorerete la memoria di quei martiri come di vostri benefattori.

Noi dobbiamo a questi martiri e a quei che li precedettero se oggi sappiamo che non v'è casta privilegiata tra Dio e gli uomini; che i migliori per virtù e per sapienza di cose divine ed umane possono e devono consigliarci e dirigerci sulle vie del bene, ma senza monopolio di potenza o supremazia di classe; e che il diritto di comunione è eguale per tutti. Ciò che è santo nel Cielo è santo sulla Terra. E la Comunione degli uomini in Dio porta con sé l'associazione degli uomini nella vita terrestre. L'associazione religiosa delle anime genera il diritto dell'associazione nelle facoltà e nell'opere che fanno *realtà* del *pensiero*.

Sia dunque l'associazione dovere e diritto per voi.

Taluni, a limitarne il diritto fra i cittadini, vi diranno che l'associazione è lo Stato, la Nazione: che voi ne siete e dovete esserne tutti membri: e che quindi ogni associazione parziale tra voi è o avversa allo Stato o superflua.

Ma lo Stato, la Nazione non rappresentano se non l'associazione dei cittadini in quelle cose, in quelle tendenze che sono comuni a *tutti* gli uomini che ne sono parte. Esistono tendenze e *fini* che non abbracciano *tutti* i cittadini, ma solamente un certo numero d'essi. E come le tendenze e il fine comune a *tutti* generano la Nazione, le tendenze e il fine comune a *parecchi* fra i cittadini devono generare l'associazione *speciale*.

Poi-e questa è base fondamentale al diritto d'associazione-l'associazione è la mallevadoria del *Progresso*. Lo Stato rappresenta una certa somma, un certo insieme di principii nei quali l'università dei cittadini consente nel periodo in cui lo Stato è fondato. Ponete che un nuovo e vero principio, un nuovo e ragionevole sviluppo delle verità che danno vita allo Stato, s'affaccino a taluni fra i cittadini: come potranno diffonderne, senza associarsi, la conoscenza? Ponete che in conseguenza di scoperte scientifiche, di nuove comunicazioni aperte fra popoli e popoli o d'altra cagione, si manifesti, per un certo numero d'uomini appartenenti allo Stato, un nuovo *interesse:* come potranno quei che lo intendono primi conquistargli luogo fra gli *interessi* da lungo esistenti se non affratellando i propri mezzi, le proprie forze? L'inerzia, il riposo nella condizione di cose esistente e sancita dal comune consenso, sono troppo connaturali agli animi, perché un solo individuo possa, colla sua parola, scoterli e vincerli. L'associazione d'una minoranza di giorno in giorno crescente lo può. L'associazione è il metodo dell'avvenire. Senz'essa, lo Stato rimarrebbe immobile, incatenato al grado raggiunto di civiltà.

L'associazione deve essere *progressiva nel fine* a cui tende, non *contraria* alle verità conquistate per sempre dal consenso universale dell'Umanità e della Nazione. Una associazione che s'impiantasse per agevolare il furto dell'altrui proprietà, una associazione che facesse obbligo a' suoi membri della poligamia, una associazione che dichiarasse doversi sciogliere la Nazione o predicasse lo stabilimento del Dispotismo sarebbe illegale. La Nazione ha diritto di dire a' suoi membri: *noi non possiamo tollerare che si diffondano in mezzo a noi dottrine violatrici di ciò che costituisce la natura umana, la Morale, la Patria. Escite e stabilite fra voi al di là dei nostri confini, l'associazione che le vostre tendenze vi suggeriscono.*

L'associazione deve essere *pacifica*. Essa non può avere altr'arme che l'apostolato della parola: deve proporsi di persuadere, non di *costringere*.

L'associazione deve essere *pubblica*. Le associazioni segrete, arme di guerra legittima dove non è Patria, né Libertà, sono illegali e possono essere sciolte dalla Nazione quando la Libertà è diritto riconosciuto, quando la Patria protegge lo sviluppo e l'inviolabilità del pensiero. Se l'associazione deve schiudere la via al Progresso, essa dev'essere sottomessa all'esame e al giudizio di tutti.

E finalmente l'Associazione deve rispettare in altrui i *diritti* che sgorgano dalle condizioni essenziali dell'umana natura. Una associazione che violasse, come le corporazioni del medio evo, la libertà del lavoro o tendesse direttamente a restringere la libertà di coscienza potrebb'essere respinta, governativamente, dalla Nazione.

Da questi limiti in fuori, la libertà d'associazione fra' cittadini è sacra, inviolabile, come il progresso che ha vita in essa. Ogni governo che s'attentasse restringerla tradirebbe la missione sociale: il popolo *dovrebbe,* prima ammonirlo, poi, esaurite le vie pacifiche, rovesciarlo.

E son queste, o miei fratelli, le basi principali sulle quali poggiano i vostri Doveri, le sorgenti dalle quali scendono i vostri Diritti. Infinite sono le questioni speciali che possono sorgere nella vostra vita civile; ma non è parte di questo lavoro prevederle e aiutarvi a scioglierle. Intento unico del mio lavoro era additarvi, come fiaccole sulla via, i *principii* che devono predominare su tutte e nella severa applicazione dei quali troverete sempre modo di scioglierle. E parmi d'averlo fatto.

V'ho additato Dio come sorgente del Dovere e pegno d'eguaglianza tra gli uomini:-la legge morale come sorgente d'ogni *legge* civile, e base d'ogni vostro giudizio sulla condotta di chi fa le legge-il popolo, voi, noi, l'universalità dei cittadini che formano la Nazione, come il solo legittimo interprete della legge e sorgente d'ogni potere politico.

V'ho detto che il carattere fondamentale della legge è *Progresso:* progresso, indefinito, continuo d'epoca in epoca: progresso in ogni ramo d'attività umana, in ogni manifestazione del pensiero, dalla religione fino all'industria, fino alla distribuzione della ricchezza.

V'ho accennato quali sono i vostri *doveri* verso l'Umanità, verso la Patria, verso la Famiglia, verso Voi stessi. E ho desunto quei doveri dalle condizioni che costituiscono la creatura *umana* e ch'è obbligo vostro di sviluppare. Quelle condizioni, inviolabili in ogni *uomo,* sono: *libertà, edificabilità, socialità, capacità, necessità di progresso.* E da quei caratteri senza i quali non esiste *uomo* né *cittadino,* ho desunto i vostri diritti e le condizioni generali del Governo che voi dovete cercare alla Patria.

Non dimenticate mai quei *principii.* Vigilate a ciò che non siano violati mai. Incarnateli in voi. Sarete liberi e migliorerete.

Il lavoro ch'io ho impreso per voi sarebbe dunque compito, se una tremenda obbiezione non sorgesse dalle viscere della società com'è oggi ordinata contro la *possibilità* di compiere *doveri,* d'esercitar quei *diritti:* l'ineguaglianza dei *mezzi.*

Per compiere *doveri,* per esercitare *diritti,* sono necessari: *tempo, sviluppo intellettuale, certezza di vita fisica.*

Or, moltissimi fra voi non hanno in oggi questi elementi di progresso. La loro vita è una continua incerta battaglia per conquistare i mezzi di sostenere l'esistenza materiale. Non si tratta per essi di *progredire*; si tratta di vivere.

Esiste dunque un vizio radicale, profondo, nella società com'è in oggi ordinata. E il mio lavoro sarebbe inutile s'io non definissi quel vizio e non v'additassi la via di correggerlo.

La *questione economica* sarà dunque soggetto di una ultima parte del mio lavoro.

Capitolo undicesimo

Questione economica

1°

Molti, troppi fra voi, sono poveri. Per i tre quarti almeno degli uomini che appartengono alla classe *operaia,* agricola o industriale, la vita è una lotta d'ogni giorno per conquistarsi i mezzi *indispensabili* all'esistenza. Essi lavorano colle loro braccia dieci, dodici, talvolta quattordici ore della giornata, e da questo assiduo, monotono, penoso lavoro, ritraggono appena il *necessario* alla vita *fisica.* Insegnare ad essi il dovere di progredire, parlar loro di vita intellettuale e morale, di diritti politici, di educazione, nell'ordine sociale attuale, è una vera ironia. Essi non hanno *tempo* né *mezzi* per progredire. Spossati, affranti, pressoché istupiditi da una vita spesa in un cerchio di poche operazioni meccaniche, essi v'imparano un muto, impotente, spesso ingiusto rancore contro la classe degli uomini, che l'impiegano; cercano l'oblio dei dolori presenti e dell'incertezza del domani negli stimoli delle forti bevande, e si coricano in luoghi ai quali è meglio adatto il nome di covile che non quello di stanza, per ridestarsi allo stesso esercizio delle forze fisiche.

È tristissima condizione e bisogna mutarla.

Voi siete *uomini,* e come tali avete facoltà, non solamente fisiche, ma intellettuali e morali, che è vostro dovere di sviluppare: dovete essere *cittadini*, e come tali, dovete esercitare, pel bene di tutti, diritti i quali richiedono un certo grado di educazione, una certa somma di tempo.

È chiaro che voi dovete lavorar *meno* e guadagnare *più* che oggi non fate.

Figli tutti di Dio e fratelli in Lui e tra noi, noi siamo chiamati a formare una sola grande famiglia. In questa famiglia possono esistere disuguaglianze generate dalle diverse abitudini, dalle diverse capacità, dal diverso desiderio di lavoro; ma un principio deve signoreggiarla: *qualunque è disposto a dare pel bene di tutti, ciò ch'ei può di lavoro, deve ottenere compenso tale che lo renda capace di sviluppare, più o meno, la propria vita sotto tutti gli aspetti che la definiscono.*

È questo l'*ideale* al quale dobbiamo tutti studiar modo d'avvicinarci più sempre di secolo in secolo. Ogni mutamento, ogni rivoluzione che non vi s'accosti d'un passo, che non faccia corrispondere al progresso *politico* un progresso *sociale*, che non promuova d'un grado il miglioramento materiale delle classi più povere, viola il disegno di Dio, si riduce a una guerra di fazioni contro fazioni in cerca di una dominazione illegittima: è una menzogna ed un male.

Ma *fino a qual punto* possiamo raggiungere oggi lo scopo? E *come,* per quali vie possiamo raggiungerlo?

Taluni fra i vostri più timidi amici hanno cercato il rimedio nella *moralità* dell'operaio. Fondando casse di risparmio o altre simili istituzioni, hanno detto agli operai: *recate qui il vostro soldo: economizzate: astenetevi da ogni eccesso nella bevanda o in altro: emancipatevi dalla miseria colle privazioni.* E sono ottimi consigli perché mirano alla moralizzazione dell'operaio, senza la quale tutte le riforme riescono inutili. Ma né sciolgono la questione di miseria intorno alla quale io vi parlo, né tengono conto alcuno del dovere *sociale*. Pochissimi tra voi *possono* economizzare quel soldo. E quei pochissimi possono, accumulando lentamente, provvedere in parte agli anni della vecchiaia, mentre la quistione economica deve mirare a provvedere agli anni virili, allo sviluppo, all'espansione possibile della vita quando è attiva e potente e può giovare efficacemente al progresso della Patria e dell'Umanità. Perciò che riguarda i beni materiali, la questione sta nel come *accrescere* la ricchezza, la produzione; e quei consigli neppure vi accennano. Inoltre, la Società che vive del lavoro e chiede, ogni qualvolta è minacciata, tributo di sangue ai figli del popolo ha debiti sacri verso di loro.

Altri, non nemici, ma poco curanti del popolo e del grido di dolore che sorge dalle viscere degli uomini del lavoro, paurosi d'ogni innovazione potente, e legati a una scuola detta degli *economisti*, che combatté con merito e con vantaggio tutte le battaglie della libertà, dell'industria, ma senza por mente alla necessità di *progresso* e di *associazione,* inseparabili anch'esse dalla natura umana, sostennero e sostengono, come i *filantropi* dei quali ora parlai, che ciascuno può anche nella condizione di cose attuale, edificare colla propria attività la propria indipendenza; che ogni mutamento nella costituzione del lavoro riuscirebbe superfluo o dannoso; e che la formula *ciascuno per sé, libertà per tutti* è sufficiente a creare a poco a poco un equilibrio approssimativo d'agi e conforti fra le classi che costituiscono la Società. Libertà di traffici interni, libertà di commercio fra le nazioni, abbassamento progressivo delle tariffe daziarie specialmente sulle materie prime, incoraggiamenti dati generalmente alle grandi imprese industriali, alla moltiplicazione delle vie di comunicazione, alle macchine che rendono più attiva la produzione: questo è quanto, secondo gli *economisti*, può farsi dalla Società: ogni suo intervento al di là è, per essi, sorgente di male.

Se ciò fosse vero, la piaga della miseria sarebbe insanabile; e Dio tolga, o fratelli miei, che io possa mai gittare, convinto, come risposta ai vostri patimenti e alle vostre aspirazioni, questa risposta disperata, atea, immorale. Dio ha statuito per voi un migliore avvenire, che non è quello contenuto nei rimedi degli economisti.

Quei rimedi non mirano infatti che ad accrescere possibilmente e per un certo tempo la *produzione* della ricchezza, non a farne più equa la *distribuzione.* Mentre i *filantropi* contemplano unicamente l'*uomo* e s'affannano a renderlo più morale senza farsi carico d'accrescere, per dargli campo a migliorarsi, la ricchezza comune, gli *economisti* non guardano che a fecondare le sorgenti della *produzione* senza occuparsi dell'uomo. Sotto il regime esclusivo di libertà ch'essi predicano e che ha più o meno regolato il mondo economico nei tempi a noi più vicini, i documenti più innegabili ci mostrano aumento d'attività produttrice e di capitali, non di prosperità universalmente diffusa: la miseria delle classi operaie è la stessa di prima. La libertà di concorrere per chi nulla possiede, per chi, non potendo risparmiare sulla giornata, non ha di che iniziare la concorrenza, è menzogna, com'è menzogna la libertà politica per chi mancando di educazione, d'istruzione, di mezzo e di tempo, non può esercitarne i diritti. L'accrescimento della facilità dei traffichi, i progressi nei modi di comunicazione, emanciperebbero a poco a poco il lavoro dalla tirannide del *commercio* della classe intermedia fra la *produzione* e i *consumatori*: ma non giovano a emanciparlo dalla tirannide del *capitale,* non danno i mezzi del lavoro a chi non li ha. E per difetto di un'equa distribuzione della ricchezza, d'un più giusto riparto dei prodotti, d'un aumento progressivo della cifra dei consumatori, il capitale stesso si svia dal suo vero scopo economico, s'immobilizza in parte nelle mani dei pochi invece di spandersi tutto nella circolazione, si dirige verso la produzione d'oggetti superflui, di lusso, di bisogni fittizi, invece di concentrarsi sulla produzione degli oggetti di prima necessità per la vita o si avventura in pericolose e spesso immorali speculazioni.

Oggi il *capitale*-e questa è la piaga della Società economica attuale-è despota del lavoro. Delle tre classi che oggi formano economicamente la Società-*capitalisti,* cioè detentori dei mezzi o strumenti del lavoro, terre, fattorie, numerario, materie prime-*intraprenditori,* capilavoro, commercianti, che rappresentano o dovrebbero rappresentare l'intelletto-e *operai* che rappresentano il lavoro manualela prima, sola, è padrona del campo, padrona di promuovere, indugiare, accelerare verso certi fini il lavoro. E la sua parte negli utili del lavoro, nel lavoro della produzione, è comparativamente determinata: la locazione degli strumenti del lavoro non varia se non tra limiti noti e ristretti; e il tempo, fino a un certo segno almeno, è suo, non in balìa dell'assoluto bisogno. La parte dei secondi è incerta, dipendente dal loro intelletto, dalla loro attività, ma segnatamente dalle circostanze, dallo sviluppo maggiore o minore della concorrenza e dal rifluire o ritirarsi, in conseguenza d'eventi non calcolabili, dei capitali. La parte degli ultimi, degli *operai,* è il *salario* determinato *anteriormente* al lavoro e senza riguardi agli utili maggiori o minori che esciranno dall'impresa; e i limiti fra i quali il salario si aggira, sono determinati dalla relazione che esiste fra il lavoro *offerto* e il lavoro *richiesto,* in altri termini, tra la *popolazione* degli operai ed il *capitale.* Or la prima tendendo all'aumento e ad un aumento che supera generalmente, non fosse che di poco, l'aumento del secondo, il salario tende, ove altre cause non s'infrappongano, a scendere. E il tempo non è nelle mani dell'operaio: le crisi finanziarie e politiche, la subita applicazione di nuove macchine ai rami diversi dell'attività industriale, le irregolarità nella produzione e il suo frequente soverchio accumularsi in unica direzione inseparabile da una poco illuminata concorrenza, il riparto ineguale del popolo dei lavoranti su certi punti o su certi rami d'attività, e dieci altre cause interrompendo il lavoro, non lasciano all'operaio la libera scelta delle sue condizioni. Da un lato sta per lui l'assoluta miseria, dall'altro l'accettazione d'ogni patto che gli venga proposto.

Condizione siffatta di cose ha, ripeto, il germe in sé d'una piaga che bisogna curare. I rimedi proposti dagli *economisti* sono inefficaci per questo.

E nondimeno, v'è progresso nella condizione della classe alla quale voi appartenete: progresso storico, continuo, che ha superato ben altre difficoltà. Voi foste *schiavi,* voi foste *servi,* voi siete in oggi *assalariati.* V'emancipaste dalla schiavitù, dal servaggio; perché non v'emancipereste dal giogo del *salario* per diventare produttori liberi, padroni della totalità del lavoro della produzione ch'esce da voi? Perché tra l'opera vostra e l'opera della Società, che ha doveri sacri verso i suoi membri, non si compirebbe pacificamente la più grande, la più bella rivoluzione che possa idearsi, quella che, dando come base economica al consorzio umano il lavoro, come base alla proprietà i frutti del lavoro, raccoglierebbe, sotto una sola legge d'equilibrio tra la *produzione* e il *consumo,* senza distinzione di classi, senza predominio tirannico d'uno degli elementi del lavoro sull'altro, tutti i figli della stessa madre, la PATRIA?

2°

Il senso di dovere sociale verso gli uomini del lavoro, al quale ho accennato finora, andava, mercé sopratutto la predicazione repubblicana, crescendo negli animi e assicurando l'avvenire popolare delle rivoluzioni, quando sorsero negli ultimi trent'anni, in Francia segnatamente, alcune scuole d'uomini buoni generalmente e amici del popolo, ma trascinati da soverchio amore di sistema e da vanità individuale, che sotto nome di *socialismo* proposero dottrine esclusive, esagerate, avverse spesso alla ricchezza già conquistata dall'altre classi ed economicamente impossibili, e spaventando la moltitudine dei piccoli borghesi e suscitando diffidenza fra ordini e ordini di cittadini, fecero retrocedere la questione e divisero in due il campo repubblicano. In Francia, il primo effetto di quella diffidenza e di quel terrore fu il più facile colpo di Stato.

Io non posso esaminare con voi ad uno ad uno quei diversi sistemi, che furono chiamati *Sansimonismo, Fourierismo, Comunismo,* o con altro nome. Fondati quasi tutti sopra *idee* buone in sé e accettate da quanti appartengono alla Fede del Progresso, le guastavano o le cancellavano coi *mezzi* di applicazione che proponevano falsi o tirannici. Ed è necessario ch'io v'accenni brevemente in che cosa peccavano, perché le promesse affacciate al popolo da quei sistemi sono così splendide che potrebbero facilmente sedurvi e voi correreste rischio, abbracciandole, di ritardare un avvenire d'emancipazione infallibile e non lontano. Vero è-e questo dovrebbe bastare a svegliare un dubbio potente nell'animo vostro-che quando le circostanze chiamarono al potere taluni fra quegli uomini, essi neppur tentarono l'applicazione pratica delle loro dottrine: giganti d'audacia nelle loro pagine, retrocessero davanti alla realtà delle cose.

Se esaminando un giorno attentamente quei sistemi, ricorderete le idee fondamentali ch'io sono andato finora indicandovi e i caratteri inseparabili della natura umana, voi troverete ch'essi violano tutti la Legge del Progresso, il modo con cui questo si compie nell'umanità, e o l'una o l'altra delle facoltà che costituiscono l'Uomo.

Il Progresso si compie per legge che nessuna potenza umana può rompere, grado a grado, collo *sviluppo* colla *modificazione* perpetua degli elementi che manifestano l'attività della vita. Gli uomini hanno spesso, in certe epoche, in certi paesi, e sotto l'influenza di certi pregiudizi e di certi errori, dato il nome d'elementi, di condizioni della vita sociale, a cose che non hanno radice nella natura, ma solamente nelle abitudini convenzionali d'una società traviata, e che dopo quell'epoca o al di là dei limiti di quei paesi, spariscono. Ma voi potete scoprire quali veramente siano gli elementi inseparabili dall'umana natura, interrogando, come altrove vi dissi, gli istinti dell'anime vostre e verificando nella tradizione di tutti i tempi, di tutti i paesi, se quei vostri istinti siano stati sempre gl'istinti dell'Umanità. E quelli, che una voce ingenita in voi (è la grande voce dell'Umanità) v'addita come elementi costitutivi della vita, devono essere modificati, sviluppati sempre d'epoca in epoca ma non possono essere aboliti mai.

Tra questi elementi della vita umana, oltre la Religione, la Libertà, l'Associazione ed altri accennati nel corso di questo lavoro è pure la Proprietà. Il *principio*, l'origine della Proprietà, sta nella natura umana e rappresenta la necessità della vita *materiale* dell'*individuo* ch'egli ha dovere di mantenere. Come per mezzo della religione, della scienza, della libertà, l'*individuo* è chiamato a trasformare, a migliorare, a padroneggiare il mondo *morale* ed *intellettuale,* egli è pure chiamato a trasformare, a migliorare, a padroneggiare, per mezzo del *lavoro* materiale, il mondo *fisico*. E la proprietà è il *segno,* la rappresentazione del compimento di quella missione, della quantità di *lavoro* col quale l'*individuo* ha trasformato, sviluppato, accresciute le forze produttrici della natura.

La proprietà è dunque eterna nel suo *principio,* e voi la trovate esistente e protetta attraverso tutta quanta l'esistenza dell'umanità. Ma i *modi* coi quali la proprietà si governa sono mutabili, destinati a subire, come tutte l'altre manifestazioni della vita umana, la legge del Progresso. Quei che, trovando la proprietà costituita in un certo modo, dichiarano quel modo inviolabile e combattono quanti intendono a trasformarlo, negano dunque il Progresso: basta aprire due volumi di storia appartenente a due epoche diverse, per trovarvi un cangiamento nella costituzione della Proprietà. E quei che trovandola in una certa epoca mal costituita, dichiarano che bisogna abolirla, cancellarla dalla società, negando un elemento della umana natura, se potessero mai riescire, ritarderebbero il Progresso, mutilando la Vita: la proprietà riapparirebbe inevitabilmente poco tempo dopo, e probabilmente sotto la forma che aveva al tempo della sua abolizione.

La proprietà è in oggi mal costituita, perché l'origine del riparto attuale sta generalmente nella conquista, nella violenza colla quale, in tempi lontani da noi, certi popoli e certe classi invadenti s'impossessarono delle terre e dei frutti d'un lavoro non compito da essi. La proprietà è mal costituita, perché le basi del riparto dei frutti d'un lavoro compito dal proprietario e dall'operaio, non sono fondate sopra una giusta eguaglianza proporzionata al lavoro stesso. La proprietà è mal costituita, perché conferendo a chi l'ha, diritti politici e legislativi che mancano all'operaio, tende ad esser monopolio di pochi e inaccessibile ai più. La proprietà è mal costituita, perché il sistema delle tasse è mal costituito, e tende a mantenere un privilegio di ricchezza nel proprietario, aggravando le classi povere e togliendo loro ogni possibilità di risparmio. Ma se, invece di correggere vizi e modificare lentamente la costituzione della Proprietà voi voleste abolirla, sopprimereste una sorgente di ricchezza, di emulazione, d'attività, e somigliereste al selvaggio, che per cogliere il frutto troncava l'albero.

Non bisogna abolire la proprietà perché oggi è di *pochi*; bisogna aprire la via perché i *molti* possano acquistarla.

Bisogna richiamarla al *principio* che la renda legittima, facendo si che il *lavoro* solo possa produrla.

Bisogna avviare la società verso basi più eque di rimunerazione tra il proprietario o capitalista e l'operaio.

Bisogna mutare il sistema delle tasse, tanto che non colpiscano la somma necessaria alla vita e lascino al popolano facoltà di economie produttive a poco a poco di proprietà.

E perché ciò avvenga, bisogna sopprimere i privilegi politici concessi alla proprietà, e far sì che *tutti* contribuiscano all'opera legislativa.

Or tutte queste cose sono possibili e giuste. Educandovi, ordinandovi a chiederle con insistenza, poi a volerle, potreste ottenerle; mentre cercando l'abolizione della proprietà, cerchereste una impossibilità, fareste un'ingiustizia verso chi l'ha conquistata col proprio lavoro e diminuireste la produzione invece di accrescerla.

3°

L'abolizione della proprietà *individuale* nondimeno è il rimedio proposto da parecchi tra i sistemi di *socialisti* dei quali vi parlo, e segnatamente del comunismo. Altri vanno oltre; e trovando il concetto religioso, il concetto di patria falsati dagli errori religiosi, dagli uomini del privilegio e dall'egoismo delle dinastie, chiedono l'abolizione d'ogni religione, d'ogni governo, d'ogni nazionalità. È procedere di fanciulli o di barbari. Perché in nome delle malattie generate da un'aria corrotta, non tenterebbero la soppressione d'ogni gaz respirabile?

L'idea di chi vorrebbe, in nome della *libertà*, fondar *l'anarchia* e cancellar la *società* per non lasciare che *l'individuo* co' suoi diritti, non ha bisogno, con voi, di confutazione da me; tutto il mio lavoro combatte quel sogno colpevole che rinnega progresso, doveri, fratellanza umana, solidarietà di nazioni, ogni cosa che voi ed io veneriamo. Ma il sogno di quei che, limitandosi alla quistione economica, chiedono l'abolizione della proprietà individuale e l'ordinamento del comunismo, tocca l'estremo opposto, nega *l'individuo,* nega la *libertà,* chiude la via al progresso e impietra per così dire la Società.

La formola generale del comunismo è la seguente: la proprietà d'ogni cosa che produce terre, capitali, mobili, strumenti di lavoro, sia concentrata nello Stato; lo Stato assegni la sua parte di lavoro, a ciascuno; lo Stato assegni a ciascuno una retribuzione, secondo alcuni, con assoluta eguaglianza, e secondo altri, a seconda dei suoi bisogni.

Questa, se fosse possibile, sarebbe vita di castori non d'uomini.

La libertà, la dignità, la coscienza dell'individuo spariscono in un ordinamento di macchine produttrici. La vita fisica può esservi soddisfatta: la vita morale, la vita intellettuale sono cancellate, e con esse l'emulazione, la libera scelta del lavoro, la libera associazione, gli stimoli a produrre, le gioie della proprietà, le cagioni tutte che inducono a progredire. La famiglia umana è, in quel sistema, un armento al quale basta essere condotto ad una sufficiente pastura. Chi tra voi vorrebbe rassegnarsi a programma siffatto?

L'eguaglianza è conquistata, dicono. Quale?

L'eguaglianza nella distribuzione del lavoro? È impossibile. I lavori sono di natura diversa, non calcolabile sulla durata o sulla somma di lavoro compita in un'ora, ma sulla difficoltà, sulla minore o maggiore spiacevolezza del lavoro, sul dispendio di vitalità che trascina con se, sull'utile conferito da esso alla società. Come calcolar l'eguaglianza di un'ora di lavoro passata in una miniera, o nel purificare l'acqua corrotta di una palude, con un'ora passata in un filatoio? La impossibilità di siffatto calcolo è tale, che ha suggerito a taluno tra i fondatori di sistemi l'idea di far che ciascuno debba compiere alla volta sua un certo ammontar di lavoro in ogni ramo di utile attività: rimedio assurdo che renderebbe impossibile la bontà dei prodotti senza giungere a sopprimere l'ineguaglianza tra il debole ed il robusto, tra il capace ed il lento nell'intelletto, tra l'uomo di temperamento linfatico e l'uomo di temperamento nervoso. Il lavoro facile e gradito all'uno è grave e difficile all'altro.

L'eguaglianza nel riparto dei prodotti? È impossibile. O l'eguaglianza sarebbe assoluta e costituirebbe una immensa ingiustizia, non distinguendo tra i bisogni diversi, il risultato dell'organismo, né tra le forze e la capacità acquistate per un senso di dovere e le forze e la capacità ricevute, senza merito alcuno, dalla natura. O l'eguaglianza sarebbe relativa e calcolata sui bisogni diversi; e non tenendo conto della produzione individuale, violerebbe i diritti di proprietà che il lavorante deve avere per i frutti del suo lavoro.

Poi, chi sarebbe arbitro di decidere intorno ai bisogni d'ogni individuo? Lo Stato?

Operai, fratelli miei, siete voi disposti ad accettare una gerarchia di capi padroni nella proprietà comune, padroni dello spirito per mezzo d'una educazione esclusiva, padroni dei corpi per mezzo della determinazione dell'opera, della capacità, dei bisogni? Non è per questo il rinnovamento dell'antica schiavitù? Non sarebbero quei capi trascinati dalla teoria *d'interesse* che rappresenterebbero, e sedotti dall'immenso potere concentrato nelle loro mani, fondatori della dittatura ereditaria delle antiche caste?

No; il Comunismo non conquista l'eguaglianza fra gli uomini del lavoro: non aumenta la produzione-ch'è la grande necessità dell'oggi-perché fatta sicura la vita la natura umana, come s'incontra nei più, è soddisfatta, e l'incentivo a un accrescimento di produzione da diffondersi su tutti i membri della società diventa sì piccolo che non basta a scotere le facoltà[8]; non migliora i prodotti; non conforta il progresso nelle invenzioni; non sarà mai aiutata dalla incerta, ignara direzione *collettiva* dell'ordinamento. Ai mali che affaticano i figli del popolo, il Comunismo non ha che un rimedio per proteggerli dalla *fame*. Or non può farsi questo, non può assicurarsi il diritto alla

---

8   Fu calcolato che se, su cento lavoranti, un lavorante producesse per *cento* franchi in un anno al di là della produzione *media*, ei raccoglierebbe a suo pro un millesimo per anno, tre centesimi ogni tre anni. Chi può chiamare questo un eccitamento alla produzione?

vita ed al lavoro dell'operaio senza sovvertire tutto quanto l'ordine sociale, senza isterilire la produzione, senza inceppare il progresso, senza cancellare la libertà dell'individuo e incatenarlo, in un ordinamento soldatesco tirannico?

4°

Il rimedio alle vostre condizioni non può trovarsi in organizzazioni generali, arbitrarie, architettate di pianta da uno o altro intelletto, contraddicenti alle basi universali adottate nel viver civile e impiantate subitamente per vie di decreti. Noi non siamo quaggiù per *creare* l'Umanità, ma per *continuarla:* possiamo e dobbiamo modificarne, ordinare meglio gli elementi costitutivi; non possiamo sopprimerli. L'Umanità è e sarà sempre ribelle a disegni siffatti. Il tempo che voi spendereste intorno a quelle illusioni, sarebbe dunque tempo perduto.

Non può trovarsi in aumenti di salarii *imposti* dall'autorità governativa, senz'altri cangiamenti che aumentano i capitali: l'aumento delle spese di salarii, cioè l'aumento delle spese di produzione, trascinerebbe il rincarimento dei prodotti, la diminuzione del consumo e quella quindi del lavoro per gli operai.

Non può trovarsi in cosa alcuna che cancelli la *libertà*, consacrazione e stimolo del lavoro: né in cosa alcuna che diminuisca i capitali, strumenti del lavoro e della produzione.

Il rimedio alle vostre condizioni è *l'unione del capitale e del lavoro nelle stesse mani.*

Quando la società non conoscerà distinzione fuorché di *produttori* e *consumatori* o meglio quando ogni uomo sarà *produttore* e *consumatore*-quando i frutti del lavoro, invece di ripartirsi tra quella serie d'intermediari che, cominciando dal capitalista e scendendo sino al venditore a minuto, accresce sovente del cinquanta per cento il prezzo del prodotto, rimarranno interi al lavoro-le cagioni *permanenti* di miseria spariranno per voi. Il vostro avvenire è nella vostra emancipazione dalle esigenze d'un capitale arbitro in oggi d'una produzione alla quale rimane straniero.

Il vostro avvenire *materiale* e *morale*. Guardatevi intorno. Ovunque voi trovate il *capitale* e il *lavoro* riunito nelle stesse mani-ovunque i frutti del lavoro sono non foss'altro, ripartiti fra quanti lavorano, in ragione del loro aumento, in ragione dei loro benefizi all'opera collettiva-voi trovate diminuzione di miseria e a un tempo aumento di moralità. Nel Cantone di Zurigo, nell'Engadina, in molte altre parti della Svizzera dove il contadino è proprietario, e terra, capitale, lavoro, sono congiunti in un solo individuo-in Norvegia, nelle Fiandre, nella Frisia Orientale, nell'Holstein, nel Palatinato Germano, nel Belgio, nell'isola di Guernesey sulle coste inglesi-è visibile una prosperità comparativamente superiore a quella di tutte l'altre parti d'Europa dove manca al coltivatore la proprietà della terra. Una razza d'agricoltori popola quelle contrade notabili per onestà, dignità, indipendenza e modi schiettamente leali. Le abitudini dei lavoranti nelle miniere di Cornwal in Inghilterra come quelle dei navigatori Americani che trafficano colla China e sono addetti alla pesca delle balene, fra i quali è in vigore la partecipazione agli utili dell'impresa, sono riconosciuti, da documenti ufficiali, migliori che non quelle dei lavoranti sottomessi unicamente alla legge del *salario* predeterminato.

Il lavoro associato, il riparto dei fratti del lavoro, ossia del ricavato della vendita dei prodotti, tra i lavoranti in proporzione del lavoro compiuto e dal valore di quel lavoro; è questo il futuro sociale.

In questo sta il segreto della vostra emancipazione. Foste *schiavi* un tempo: poi *servi:* poi *assalariati:* sarete fra non molto, purché il vogliate, *liberi produttori* e fratelli nell'associazione.

Associazione libera, volontaria, ordinata su certe basi da voi medesimi, tra uomini che si conoscono e s'amano e si stimano l'un l'altro, non forzata, non imposta dall'autorità governativa, non ordinata senza riguardo ad affetti e vincoli individuali, tra uomini considerati non come esseri liberi e spontanei, ma come cifre e macchine produttrici.

Associazione amministrata con fratellanza repubblicana da vostri delegati e dalla quale potrete, volendo, ritirarvi: non soggiacente al dispotismo dello Stato e d'una gerarchia costituita arbitrariamente e ignara dei vostri bisogni e delle vostre attitudini.

Associazione di *nuclei* formati a seconda delle vostre tendenze, non come vorrebbero gli autori dei sistemi ch'io vi accennai, di *tutti* gli uomini appartenenti a un dato ramo d'attività industriale o agricola.

Il concentramento di *tutti* gl'individui addetti, nello Stato o anche in una sola città, ad un'arte in una *sola* società produttrice, ricondurrebbe l'antico tirannico monopolio delle Corporazioni, renderebbe i produttori arbitri dei prezzi a danno dei consumatori; darebbe forma legale all'oppressione delle minoranze; esilierebbe l'operaio malcontento da ogni possibilità di lavoro, e sopprimerebbe ogni necessità di progresso spegnendo ogni rivalità di lavoro, ogni stimolo alle invenzioni.

L'Associazione tentata timidamente e in circostanze sfavorevoli in Francia negli ultimi venti anni, poi in Inghilterra e nel Belgio, e coronata di successo dovunque fu tentata con fermo volere e spirito di sagrificio, contiene il segreto di tutta una trasformazione sociale che dovrebbe, in virtù delle vostre tradizioni e dell'iniziativa di progresso sociale che fu sempre in voi, compirsi in Italia.

E questa trasformazione, emancipandovi dalla schiavitù del *salario*, avviverebbe a un tempo, a pro di tutte le classi, la produzione e migliorerebbe lo stato economico del paese. Oggi, il capitalista tende generalmente a guadagnare quanto più può per ritirarsi dall'arena del lavoro: sotto l'ordinamento dell'associazione, voi non tendereste che ad accertare la *continuità* del lavoro, cioè della produzione. Oggi, il capo, direttore dei lavori, fatto tale non da una speciale attitudine ma dal suo trovarsi fornito di capitali, è spesso improvvido, avventato, incapace: una associazione, diretta da delegati, invigilata da tutti i suoi membri, non correrebbe rischi siffatti. Oggi, il lavoro è spesso diretto verso la produzione d'oggetti *superflui*, non *necessari:* mercé l'ineguaglianza capricciosa e ingiusta delle retribuzioni, i lavoranti abbondano in un ramo, fanno d'attività e difetto in un altro; l'operaio, limitato a una mercede *determinata*, non ha motivo per consacrare all'opera sua tutto lo zelo del quale è capace, tutta l'attività colla quale ei potrebbe moltiplicare o migliorare i prodotti. E l'*associazione* porrebbe evidentemente rimedio a queste ed altre cagioni il perturbazione o d'inferiorità nella produzione.

Libertà di ritirarsi, senza nuocere all'*associazione* - eguaglianza dei soci nell'elezione d'amministratori a tempo o meglio soggetti a revoca-ammessione, posteriormente alla fondazione, senza esigenza di capitale da versarsi e costituzione d'un prelevamento, a pro del fondo comune, sui benefizi dei primi tempi-*indivisibilità, perpetuità del capitale collettivo,*-retribuzione per tutti, eguale alla *necessità della vita,*-riparto degli *utili* a seconda della quantità e della qualità del lavoro di ciascuno-son queste le basi generali che voi, se volete far opera di avvenire per l'elemento al quale appartenete, dovrete dare alle vostre associazioni. Ciascuna di queste basi, quella segnatamente che riguarda la perpetuità del capitale collettivo, vincolo e pegno d'emancipazione tra voi e la generazione futura, meriterebbe un capitolo. Ma un lavoro speciale sulle *associazioni operaie* non entra nell'economia del presente scritto. Forse, se Dio mi presta ancora qualche anno di vita, io lo farò separatamente e con amore per voi. Intanto, abbiate certezza che l'indicazione di quelle norme è in me frutto d'esame meditato e severo e merita attenta considerazione da voi.

Ma il capitale? Il capitale primo col quale potrà iniziarsi l'*associazione?* Da dove ritrarlo?

È grave questione; né io posso qui trattarla come vorrei. Ma vi accennerò sommariamente il dovere vostro e l'altrui.

La prima sorgente di quel capitale sta in voi, nelle vostre economie, nel vostro spirito di sagrificio. Io so la condizione dei più tra voi; pur non manca a taluni la possibilità, per ventura di lavoro non interrotto o meglio retribuito, di raccogliere, economizzando, fra diciotto o venti, la piccola somma che vi basterebbe a iniziare il lavoro per vostro conto. E dovrebbe sostenervi in questa economia la coscienza di compiere un solenne dovere e di *meritare* l'emancipazione invocata. Potrei citarvi associazioni industriali, or potenti di mezzi, che s'iniziarono in Inghilterra col versamento d'un soldo per giorno da un certo numero di operai. Potrei ripetervi parecchie storie di sagrifici eroicamente durati in Francia ed altrove da nuclei di operai, oggi possessori di capitali considerevoli, simili a quella sulla quale troverete alcuni particolari in calce a questo volumetto. Non v'è quasi difficoltà che una volontà ferma mantenuta dalla coscienza di fare il bene, non superi. Voi potete contribuire coi vostri risparmi e dare al piccolo fondo primitivo un aiuto in danaro o un po' di materiale o qualche stromento da lavoro. Potete, mercé una condotta che frutti stima, raccogliere piccoli imprestiti da parenti o compagni, i quali diventerebbero semplicemente azionisti nell'associazione e non riceverebbe l'ammontare del loro imprestito che sugli utili dell'impresa. Per molte delle vostre industrie, nelle quali il prezzo delle materie prime è tenue, il capitale richiesto per iniziare il lavoro indipendente è piccola cosa. Lo avrete *volendo.* E sarà meglio per voi se la formazione di quel piccolo capitale sarà tutta vostra, frutto del sudore della fronte o del credito che avrete, operando bene, acquistato. Come le Nazioni serbano meglio la libertà che conquistarono col loro sangue, le vostre associazioni troveranno migliore e più prudente profitto dal capitale raccolto nella veglia e nell'economia che non da quello largito d'altra sorgente. È legge di cose. Le associazioni operaie che, in Parigi, nel 1848, ebbero, al loro fondarsi, sovvenzioni governative, prosperarono assai meno di quelle che formarono il capitale primitivo col sagrificio.

Ma perch'io, amandovi davvero e non adulando servilmente a debolezze che sono o possono essere in voi, vi consiglio il sagrificio non scema il *dovere* in altrui. Gli uomini che le circostanze hanno forniti di ricchezze, dovrebbero intenderlo: dovrebbero intendere che la vostra emancipazione è parte d'un disegno di Provvidenza, e che si compirà inevitabilmente o con essi o contr'essi. Parecchi tra quelli uomini, o segnatamente gli uomini di fede repubblicana, intendono questo fin d'ora; e tra essi, se darete loro prove di volontà e d'onesto intelletto, troverete aiuti all'impresa. Essi potranno-e lo faranno appena s'avvedranno che la tendenza all'*associazione* è, non capriccio d'un'ora ma fede di maggioranza tra voi-spianarvi le vie del credito, sia con anticipazioni, sia fondando Banchi che accreditino il lavoro futuro; la forza collettiva degli operai, sia ammettendovi a partecipazione nei benefizi delle loro imprese, stadio intermedio fra il presente e l'avvenire, dal quale raccogliereste probabilmente il piccolo capitale che occorre all'associazione indipendente. Nel Belgio più che altrove esistono già, sotto nome di *Banchi d'anticipazione* o di *Banchi del Popolo,* istituzione siffatte. Nella Scozia è dato da parecchi Banchi credito a ogni uomo di nota probità che impegni l'onore e presenti mallevadore un'altro individuo d'onestà egualmente specchiata. E l'ammissione degli operai alla partecipazione negli utili è norma adottata con successo da parecchi Capi d'arte[9].

---

9   In Parigi, a cagion d'esempio, lo Stabilimento di pittura d'edifizii del signor Leclaire, fondato su quel principio, è notabile per la prosperità che gode.

CONCHIUSIONE

1°

Ma lo Stato, il Governo-istituzione legittima soltanto quando è fondata sopra una missione d'*educazione* e di *progresso* oggi ancora fraintesa-ha debito solenne verso voi che potrà facilmente compiere se sarà un giorno Governo Nazionale davvero, di Popolo libero ed Uno. Una vasta serie d'aiuti potrà scendere allora dal Governo al Popolo, che risolverebbe il problema sociale senza spogliazioni, senza violenze, senza manomettere la ricchezza *acquistata anteriormente* dai cittadini, senza suscitare quell'antagonismo tra classe e classe ch'è ingiusto, immorale, fatale alla Nazione e che ritarda in oggi visibilmente il progresso francese. E aiuti potenti sarebbero:

L'influenza morale esercitata a pro delle *Associazioni* coll'approvazione manifestata pubblicamente dagli agenti governativi, colla frequente discussione sul loro principio fondamentale nell'Assemblea, colla legalizzazione data a tutte le Associazioni volontarie costituite sulle basi accennate più sopra:

Miglioramenti nelle vie di comunicazione e abolizione di quanto inceppa ora il trasporto dei prodotti:

Istituzione di magazzini o luoghi di deposito pubblici, dai quali, accertato il valore approssimativo delle merci consegnate, si rilascerebbe un documento o *bono* simile a un biglietto bancario, ammesso alla circolazione e allo sconto, tanto da render capace l'*Associazione* di poter continuare nei suoi lavori e di non essere strozzata dalla necessità d'una vendita immediata e a ogni patto:

Concessione dei lavori che bisognano allo Stato, data eguaglianza di patti, alle Associazioni:

Semplificazione delle forme giudiziarie, oggi rovinose e spesso inaccessibili al povero:

Facilità legislative date alla mobilizzazione della proprietà fondiaria:

Mutamento radicale nel sistema dei tributi pubblici: sostituzione d'un solo tributo sul reddito all'attuale, complesso, dispendioso, sistema di tributi diretti e indiretti; e sanzione data al principio che *la vita è sacra* - che senza vita, non essendo possibile lavoro, né progresso né doveri, il tributo non può cominciare che dove il reddito supera la cifra di danaro *necessario* alla vita:

Ma v'ha di più. L'incameramento o appropriazione dei possedimenti ecclesiastici-atto ch'or non giova discutere, ma che è inevitabile ogni qual volta la Nazione s'assuma una missione d'educazione e di progresso collettivo porrà nelle mani dello Stato una somma di ricchezza più vasta che altri non pensa. Or ponete che a questo s'aggiunga il valore rappresentato dalle terre, dissociabili e fertilissime, tuttavia incolte-il valore rappresentato dagli utili delle vie ferrate e da altre pubbliche imprese, la cui amministrazione dovrà concentrarsi nello Stato-il valore rappresentato dalle proprietà territoriali appartenenti ai comuni[10], il valore rappresentato dalle successioni *collaterali*,

---

1 0 Quelle proprietà appartengono *legalmente* ai comuni, *moralmente* ai bisognosi del Comune, non si tratta di rapirle ai Comuni, ma di consacrarle ai poveri d'ogni Comune, facendo d'esse, sotto l'alta direzione dei Consigli elettivi Comunali, il *capitale* inalienabile delle *Associazioni Agricole.*

che al di là del quarto grado dovrebbero ricader nello Stato-ed altri, ch'è inutile enumerare. Ponete che di tutto questo immenso cumulo di ricchezze si formi un FONDO NAZIONALE consacrato al progresso intellettuale ed economico di tutto quanto il paese. Perché una parte considerevole di quel fondo non si trasformerebbe, colle precauzioni richieste a impedirne lo sperpero, in un fondo di *credito* da distribuirsi, con un interesse dell'uno e mezzo o del due per cento, alle *Associazioni* volontarie operaie, costituite sulle norme indicate più sopra, e che porgerebbero sicurezza di *moralità* e di *capacità?* Quel capitale dovrebb'essere sacro al lavoro dell'avvenire e non d'una sola generazione. Ma la vasta scala delle operazioni assicurerebbe compenso alle perdite, di tempo in tempo inevitabili.

La distribuzione di quel *credito* dovrebbe farsi non dal Governo, né da un Banco Nazionale Centrale; ma, invigilante il Potere Nazionale, *da Banchi locali amministrati da Consigli Comunali elettivi.*

Senza sottrarre alla ricchezza attuale delle varie classi, senza attribuire a una sola il ricavato dei tributi che, chiesti a *tutti* i cittadini, deve erogarsi a benefizio di *tutti,* l'insieme degli atti qui suggeriti, diffondendo il credito per ogni dove, accrescendo e migliorando la produzione, costringendo l'interesse del danaro a scemare gradatamente, affidando il progresso e la continuità del lavoro al zelo e all'utilità di tutti i produttori, sostituirebbe a una cifra di ricchezza, concentrata in poche mani e imperfettamente diretta, la *nazione ricca,* maneggiatrice della propria produzione e del proprio consumo[11].

---

1   1   La necessità d'un vasto capitale per lo stabilimento d'una manifattura di pianoforti trasse, nel 1848, i delegati d'alcune centinaia d'operai, riuniti per la fondazione di una grande associazione, a chiedere in suo nome al governo una sovvenzione di 300,000 franchi. La commissione governativa diede rifiuto.

L'associazione si sciolse, ma 14 operai decisero di superare ogni ostacolo e ricostituirla coi propri mezzi. Non avevano danaro né credito; avevano fede.

Alcuni fra loro portavano alla Società iniziata, in materiali e stromenti di lavoro, un valore di circa 2000 franchi. Ma era indispensabile un capitale di circolazione. Ciascuno degli associati contribuì, non senza fatica, 10 franchi. Alcuni operai, non aventi interesse diretto nella Società, aggiunsero a quel piccolo capitale, le loro piccole offerte. E il 10 marzo 1849, raggiunta la somma di 229 franchi e 50 centesimi, l'associazione fu dichiarata costituita.

Quel fondo sociale era insufficiente all'impianto e alle spese minute, indispensabile di giorno in giorno ad una lavoreria. Nulla rimanendo pei salarii, oltre a due mesi passarono senza che gli operai potessero ricevere un solo centesimo di mercede. Come vissero in quel tempo di crisi? Come vivono gli operai nelle interruzioni di lavoro, aiutati dall'operaio che per ventura lavora, vendendo, impegnando ad uno ad uno gli oggetti d'uso.

Alcuni lavori erano stati eseguiti. E il prezzo fu pagato il 4 maggio 1849. Quel giorno fu per l'associazione ciò ch'è una vittoria sul cominciare d'una guerra: e fu celebrato. Pagati i debiti, riscossi i crediti esigibili, rimaneva per ogni socio una somma di fr. 6 e 61 centesimi. Fu convenuto che ritenendo come parte di salario 5 franchi si consacrerebbe il di più di ciascuno a un pranzo fraterno. I 14 soci, i più fra i quali non avevano assaggiato vino da un anno, si riunirono assieme alle loro famiglie a mensa comune, la spesa fu di 32 soldi per famiglia.

Ancora per tutto un mese, il salario non fu che di cinque franchi per settimana. Nel giugno, un fornaio, amatore di musica o speculatore propose la compra d'un pianoforte da pagarsi a pane. Fu accettata la proposta e convenuto il prezzo in ragione di 480 franchi. Fu ventura per l'associazione che fu certa d'avere almeno l'indispensabile. Non si calcolò nei salarii il valore del pane. Ciascuno ebbe quanto gli bisognava e, per gli ammogliati, quanto bisognava alla famiglia.

Intanto l'associazione, composta d'operai capacissimi, superava a poco a poco tutti gli

Ed è questo, Operai Italiani, il vostro avvenire. Voi potete affrettarlo. Conquistate la Patria, conquistate un Governo popolare che ne rappresenti la vita collettiva, la missione, il concetto. Ordinatevi tra voi in una vasta universale Lega di Popolo, tanto che la vostra voce sia voce di milioni e non di pochi individui. Avete il vero e la giustizia per voi; la Nazione v'ascolterà.

Ma badate, e credete alla parola d'un uomo che studia da trenta anni l'andamento delle cose in Europa e ha veduto fallire a buon porto, per immoralità d'uomini, le più sante ed utili imprese: non riuscirete se non *migliorando:* non conquisterete se non *meritando,* col sacrificio, coll'attività, coll'amore. Cercando in nome d'un *dovere* compito o da compiersi, otterrete; cercando in nome dell'egoismo, o di non so quale diritto al *benessere* che gli uomini del materialismo v'insegnano, non otterrete se non trionfi d'un'ora seguiti da delusioni tremende.

Quei che vi parlano in nome del *benessere,* della felicità materiale, vi tradiranno. Cercano essi pure il *loro* benessere: s'affratelleranno con voi, come un elemento di forza, finché avranno ostacoli da superare per conquistarlo; appena, mercé vostra, l'avranno, v'abbandoneranno per *godere* tranquillamente della loro conquista. È la storia dell'ultimo mezzo secolo e il nome di questo mezzo secolo è *materialismo.*

Storia di dolore e di sangue. Io li ho veduti gli uomini che negavano Dio, religione, virtù, dovere e sacrificio, e parlavano in nome del diritto alla *felicità,* al *godimento,* lottare audaci, colle parole di popolo e libertà sulle labbra, e frammischiarsi a noi uomini della nuova fede, che imprudenti gli accoglievamo nelle nostre fila. Quando s'aprì ad essi, con una vittoria o con una transazione codarda, la via di *godere,* disertarono e ci furono nemici acerbi al di dopo. Pochi anni di pericoli, di persecuzioni durate erano stati sufficienti a stancarli. Perché senza coscienza d'una Legge di dovere, senza fede in una missione imposta all'uomo da un Potere supremo su tutti, avrebbero essi persistito nel sacrificio sino all'ultimo della vita? E vidi, con più profondo dolore, i figli del popolo educati da quegli uomini, da quei filosofi, al materialismo, tradire la loro missione, tradir l'avvenire, tradire la loro Patria e se stessi, dietro alla stolta immorale speranza che troverebbero forse il *benessere* materiale nei capricci e negl'interessi della tirannide. Vidi gli operai di Francia rimanersi spettatori indifferenti del 2 dicembre, perché tutte le questioni si erano ridotte per essi a una questione di prosperità *materiale* e s'illudevano a credere che le *promesse* sparse ad arte fra loro, da chi aveva

---

ostacoli e le privazioni che aveva dovuto incontrare nel primo periodo. I suoi libri di cassa presentavano le migliori testimonianze dei progressi conquistati. Dal mese d'Agosto 1849, l'incasso ebdomadario salì a 10, 15, 20 franchi per ciascuno; e quella somma non rappresentava tutto quanto guadagnava: ogni socio versava nel fondo comune somma superiore a quella ch'ei riteneva.

L'inventario sociale del 30 dicembre 1850 dava i risultati seguenti:

Gli associati erano a quell'epoca 32. Lo stabilimento pagava 200 fr. di fitto ed era già angusto ai lavori.

Gli stromenti di lavoro sommavano a un valore di fr. 5922, 60 cent.

Le merci e le materie prime rappresentavano 22.972 f. 28 cent.

Il portafoglio della Società conteneva biglietti per 3540 franchi.

Il conto debitori, che pagarono tutti, saliva a fr. 5861 e cent. 90.

L'attivo era dunque di 39,317 franchi 88 centesimi.

Su questo attivo la Società non era debitrice che di 4737 franchi 80 centesimi ad alcuni creditori e di 2650 franchi a 80 aderenti operai del mestiere che avevano imprestato sull'associazione nel primo periodo

Attivo reale 32,930 franchi 2 centesimi.

L'associazione continuò d'allora in poi a fiorire.

Da uno scritto d'A. COCHUT

spento la libertà della patria, avrebbero forse potuto diventar fatti. Oggi lamentano perduta la libertà senza aver conquistato il *benessere*. No, senza Dio, senza coscienza di legge, senza moralità, senza potenza di sacrificio, perduti dietro ad uomini che non hanno né fede, né culto del vero, né vita d'apostoli, né cosa alcuna fuorché la vanità dei loro sistemi, io lo dico con profondo convincimento, non riuscirete. Avrete sommosse, non la vera, la grande Rivoluzione che voi ed io invochiamo. Quella Rivoluzione, se non è una illusione d'egoisti spronati dalla vendetta, è un'opera religiosa

Migliorare voi stessi ed altrui: è questo il primo intento ed è la suprema speranza d'ogni riforma, d'ogni mutamento sociale. Non si cangiano le sorti dell'*uomo,* rintonacando, abbellendo la casa dov'egli abita: dove non respira un'anima d'*uomo* ma un corpo di *schiavo,* tutte le riforme sono inutili; la casa rabbellita, addobbata con lusso, è *sepolcro imbiancato,* e non altro. Voi non indurrete mai la Società alla quale appartenete a sostituire il sistema d'*associazione* a quello del *salario,* se non provandole che l'*associazione* sarà tra voi stromento di produzione migliorata e di prosperità collettiva. E non proverete questo, se non mostrandovi capaci di fondare e mantenere l'*associazione* coll'onestà, coll'amore reciproco, col sacrificio, coll'affetto al lavoro. Per progredire, vi conviene mostrarvi *capaci* di progredire.

Tre cose sono sacre: la Tradizione, il Progresso, l'Associazione. "Io credo"-(scrissi queste cose venti anni addietro)-"nella immensa voce di Dio che i secoli mi rimandano attraverso la tradizione universale dell'Umanità; ed essa mi dice che la Famiglia, la Nazione, l'Umanità sono le tre sfere dentro le quali l'*individuo* umano deve lavorare al *fine* comune, al perfezionamento morale di se stesso e d'altrui, o meglio di se stesso attraverso gli altri e per gli altri: essa mi dice che la *proprietà* è destinata a manifestare l'attività *materiale* dell'individuo, la parte ch'egli ha nella trasformazione del mondo fisico, come il diritto di *voto* deve manifestare la parte ch'egli ha nell'amministrazione del mondo politico; essa mi dice che appunto dall'uso più o meno buono di questi diritti, in quelle sfere d'attività dipende d'avanti a Dio e agli uomini il merito o demerito degli individui; essa mi dice che tutte queste cose, elementi della natura umana, si trasformarono, si modificarono continuamente ravvicinandosi all'ideale del quale abbiamo nell'anima ma non possono essere distrutte mai; e che i sogni di *comunismo,* d'abolizione, di confusione dell'individuo nell'*insieme* sociale, non furono mai che passeggieri accidenti nella vita del genere umano, visibili in ogni grande crisi intellettuale e morale, ma incapaci di realtà se non sopra una scala menoma come i Conventi Cristiani. Credo nell'eterno progresso della vita nella creatura di Dio, nel progresso del Pensiero e dell'Associazione, non solamente nell'uomo del passato ma nell'uomo dell'avvenire; credo che importi non tanto di *determinare* la forma del progresso futuro quanto di aprire, con una educazione veramente religiosa, le vie d'ogni progresso agli uomini e di renderli capaci di compirlo; e credo che non si fa l'uomo migliore, più amorevole, più nobile, più divino-ciò ch'è il nostro *fine* sulla terra-colmandolo di godimenti fisici, proponendogli a scopo della vita quella ironia che ha nome *felicità.* Credo nell'Associazione come nel solo mezzo che noi possediamo per compiere il Progresso, non solamente perch'essa moltiplica l'azione delle forze produttrici, ma perch'essa ravvicina tutte le diverse manifestazioni dell'anima umana e fa sì che la vita dell'*individuo* abbia comunione colla vita *collettiva*; e so che l'*associazione* non può essere feconda se non esistendo fra individui *liberi,* fra nazioni *libere,* capaci di coscienza della loro missione. Credo che l'uomo deve mangiare e vivere e non avere tutte l'ore dell'esistenza assorbite da un lavoro materiale, per aver campo di sviluppare le facoltà superiori che sono in lui; ma tende l'orecchio con terrore alle voci che dicono agli uomini: *nutrirsi è lo scopo vostro; godere è il vostro diritto,* perché io so che quella parola non può creare se non egoisti, e fu in Francia, ed altrove, e comincia ad essere pur troppo in Italia, la condanna d'ogni nobile idea, d'ogni martirio, d'ogni pegno di futura grandezza.

Ciò che toglie in oggi vita all'Umanità è il difetto d'una fede comune, d'un pensiero adottato da tutti che ricongiunga Terra e Cielo, Universo e Dio. Privo di fede siffatta, l'uomo si è prostrato davanti alla morta materia, e s'è consacrato adoratore dell'idolo *Interesse*. E i primi sacerdoti di quel culto fatale furono i re, i principi e i tristi Governi dell'oggi. Essi inventarono l'orribile formula: *ciascuno per sé*: sapevano che con essa, creerebbero l'egoismo: e sapevano che tra l'egoista e lo schiavo non è che un passo".

Operai Italiani, fratelli miei, evitate quel passo. Nell'evitarlo, sta il vostro avvenire.

A voi spetta una solenne missione: provare che siamo tutti figli di Dio e fratelli in Lui. Voi non la compirete se non migliorandovi e soddisfacendo al Dovere.

Io v'ho additato, come meglio ho potuto, qual sia il Dovere per voi. E il principale, il più essenziale fra tutti, è quello che avete verso la Patria. Costituirla è debito vostro; ed è pure necessità. Gl'incoraggiamenti, i mezzi dei quali v'ho parlato, non possono venire che dalla Patria Una e Libera. Il miglioramento delle vostre condizioni sociali non può scendere che dal vostro partecipare nella vita politica della Nazione. Senza *voto*, non avrete mai rappresentanti veri delle vostre aspirazioni, dei vostri bisogni. Senza un Governo popolare che da Roma scriva e svolga il PATTO ITALIANO, fondato sui *consensi* e rivolto al *progresso* di *tutti* i cittadini dello Stato, non è per voi speranza di meglio. Quel giorno in cui, seguendo l'esempio dei *socialisti* francesi, voi separereste la questione *sociale* dalla *politica* e direte: *noi possiamo emanciparci, qualunque sia la forma d'istituzione che regge la Patria,* segnereste la perpetuità del vostro servaggio.

E v'additerò, nell'accomiatarmi da voi, un altro Dovere, non meno solenne di quello che ci stringe a fondare la Patria Libera ed Una.

La vostra emancipazione non può fondarsi che sul trionfo d'un Principio: l'unità della Famiglia Umana. Oggi, la metà della famiglia umana, la metà a cui noi cerchiamo ispirazioni e conforti, la metà che ha in cura la prima educazione dei nostri figli, è, per singolare contraddizione, dichiarata, civilmente, politicamente, socialmente ineguale, esclusa da quell'unità. A voi che cercate, in nome d'una verità religiosa, la vostra emancipazione, spetta di protestare in ogni modo, in ogni occasione, contro quella negazione dell'Unità.

L'emancipazione della donna dovrebbe essere continuamente accoppiata *coll'emancipazione dell'operaio,* dando così al vostro lavoro la consacrazione d'una verità universale.

FINE